O CASTELO DE OTRANTO

AVENTURA
DOS CLÁSSICOS

H. WALPOLE

O CASTELO DE OTRANTO

Tradução de
ALBERTO ALEXANDRE MARTINS

Apresentação de
ARIOVALDO JOSÉ VIDAL

NOVA ALEXANDRIA

Título Original: *The Castle of Otranto*

2010 – Em conformidade com a nova ortografia
Av. Dom Pedro I, 840
01552-000 – São Paulo – SP
Fone/fax: (11) 2215-6252
E-mail: novaalexandria@novaalexandria.com.br
Site: www.novaalexandria.com.br

Capa: Leonardo Hermano
Preparação de Originais: Carla C.S. de Mello Moreira
Revisão: Márcia Cruz Nóboa Leme
Revisão da segunda edição: Thiago Lins
Juliana Messias e Lucas de Sena Lima
Editoração Eletrônica: Delirivm Cordia

DADOS INTERNACIONAIS DE CATALOGAÇÃO NA PUBLICAÇÃO (CIP)
(Câmara Brasileira do Livro, SP, Brasil)

Walpole, Horace (1717-1797)
O Castelo de Otranto / Horace Walpole; tradução de Alberto Alexandre Martins; apresentação de Ariovaldo José Vidal; | capa |. – São Paulo: Nova Alexandria, 2010. – (A aventura dos clássicos).
ISBN: 978–85–7492–241–6

I. Literatura infantojuvenil II. Literatura inglesa Séc. 18
1. Título. 2. Autor.

94-2973 CDD-028.5

Índices para catalogação sistemático:

1. Literatura infantojuvenil 028.5
2. Literatura juvenil 028.5

Sumário

Apresentação

Por volta da metade do século XVIII, o aristocrata inglês Horace Walpole (1717-1797) criou um gênero novo de ficção, que se estenderia muito além das fronteiras de seu país e de seu tempo: o romance gótico. Como todo novo gênero, suas raízes estavam espalhadas pela história literária e social, esperando que alguém as recolhesse e criasse a nova forma. E com Walpole não foi diferente: a narrativa que criou levou ao extremo as fantasias e os terrores que, desde tempos imemoriais, vêm tirando o sono de leitores e ouvintes.

O romance gótico é uma espécie de patriarca, forma inaugural do que hoje conhecemos genericamente como história sobrenatural ou de terror. É certo que o gótico, como muitos outros gêneros, conheceu os primeiros cultivadores, logo em seguida, um momento de apogeu, para frnalmente transformar-se ou se desdobrar em outras formas literárias, que, no entanto, guardam, mesmo após tantos anos, traços do velho estilo. E o iniciador dessa linhagem é o romance de Walpole, *O Castelo de Otranto* (1764), que o leitor tem agora em mãos.

Como definir a nova forma romanesca que o século XVIII criou? De início, deve-se mencionar a grande "personagem" que frequenta todos os romances do gênero: o antiquíssimo e arruinado castelo gótico (mais fiel à imaginação do escritor do que à realidade), com todas as suas misteriosas salas, quadros que mudam de figura, objetos sinistros, barulhos inexplicáveis, corredores sombrios, escadas labirínticas, adegas e subterrâneos que guardam mortos-vivos, além de fantasmas que insistem em visitar os novos inquilinos. Tudo isso emoldurado pelo vento da noite e pelas sombras que habitam o grande jardim da propriedade.

Nesse cenário em que o castelo medieval funciona como se fosse um palco teatral cheio de truques, ocorre uma história feita de peripécias que se sucedem em lances dramáticos: suspense, medo, terror, castigos cruéis, mortes pavorosas etc. Pode-se dizer que o cenário labiríntico faz com que o enredo seja ele também cheio de labirintos, muitas vezes difícil de ser resumido. Assim, os ornamentos, os imprevistos e o desequilíbrio das formas do castelo passam para o desenrolar da narrativa, que conduz o leitor de mistério em mistério. E os protagonistas dessa história são bastante conhecidos: o vilão que se apossou da propriedade alheia por meio dè crimes, o herói que aguarda pacientemente o momento de reaver seus bens, a heroína que sofre indefesa nas mãos do falso nobre, o nobre despossuído que passa por homem do povo e que depois se vinga, e outros mais.

Essa fórmula inicial de romance sobrenatural fez grande sucesso no tempo de Horace Walpole, por meio a um público pequeno-burguês que buscava, por meio dessa e de outras formas literárias populares, como o romance sentimental, uma fuga do dia a dia cinzento da vida social e do racionalismo que começava a ditar a vida, preferindo sonhar com falsos castelos do que com casas de comércio, como diz o crítico Otto Maria Carpeaux.

Depois do romance de Walpole – que se deu o luxo de adquirir uma propriedade e transformá-la numa imitação de castelo gótico, onde montou uma gráfica para editar seus livros – vieram outras obras importantes do gênero, tais como *O Monge* (1796) de Matthew Lewis, e *Melmoth, o vagabundo* (1820) de Charles Maturin. E já fora do gótico tradicional, mas trazendo o apelo de um mundo sobrenatural e estranho, surgem no século XIX as duas obras que consolidarão a força popular da narrativa de horror: *Frankenstein* (1817) de Mary Shelley, e *Drácula* (1897) de Bram Stoker. Também no século XIX, surgem escritores que retiraram do gênero aquilo que ele tinha de lugar-comum, substituindo alguns truques envelhecidos por uma história mais enxuta e mais densa de conflito humano.

Quanto mais o romance de atmosfera soturna for abandonando o esquema moralista do "mal punido pelo bem vitorioso", mais ele ganhará em força literária, surgindo as grandes obras do gênero, como *O Morro dos Ventos Uivantes* (1847) de Emily Brönte, por exemplo, assim como as histórias extraordinárias de Prosper Merimée, E.T.A. Hoffmann, Edgar Allan Poe, Gustavo Adolfo Bécquer entre tantos mais. De tal modo foi fértil essa corrente literária que ela se propagou para outros limites da ficção, sendo difícil definir com clareza onde termina seu campo de atuação.

E tudo começou com *O Castelo de Otranto* e a história trágica da família do príncipe Manfredo, que caiu nas graças dos leitores, conhecendo inúmeras edições, surgindo também vários imitadores. E se o gênero persiste até hoje, fazendo tanto sucesso com autores que se tornaram quase que uma indústria cultural, caso de Stephen King, com adaptações para cinema e televisão, é porque o dia a dia do leitor moderno continua cinzento tanto ou mais como no tempo de Walpole, mas também pelo fato de que a imaginação não conhece limite, fazendo-se mais forte justamente no desejo de transpor a realidade conhecida. Lendo a história de Horace Walpole, que durante a vida escreveu mais de três mil cartas, o leitor dá-se conta da falta de criatividade de muitas tele-novelas e filmes de hoje, que às vezes não fazem mais do que pôr uma nova roupa na família do velho príncipe Manfredo.

Ariovaldo José Vidal

O CASTELO DE OTRANTO

Prefácio
PARA A PRIMEIRA EDIÇÃO

A presente obra foi descoberta na biblioteca de uma antiga família católica, no norte da Inglaterra. Foi impressa em Nápoles, em letras góticas, no ano de 1529. Não consta quanto tempo antes teria sido escrita. Os incidentes principais são tais que parecem situar-se nos tempos mais obscuros do cristianismo; mas a linguagem e a atitude não têm nada que favoreçam o barbarismo. Seu estilo é do mais puro italiano. Se o texto foi escrito de fato numa época próxima da que se supõe tenha ocorrido a história narrada, deve ter sido entre 1095, tempo da primeira cruzada, e 1243, data da última, ou não muito depois disso. Não há nenhuma outra circunstância na obra que possa levar-nos a descobrir o período em que se passam as cenas. Os nomes das personagens são evidentemente fictícios e, provavelmente, foram disfarçados intencionalmente. Ainda assim as designações espanholas dos criados parecem indicar que o livro não foi redigido antes do estabelecimento dos reis de Aragão em Nápoles, que tornaram os nomes espanhóis comuns em toda a região. A beleza da dicção e o cuidado do autor (moderados, entretanto, por seu juízo singular) levam-me a pensar que a data da composição antecedeu em muito pouco tempo a da impressão. A literatura passava então por um de seus períodos mais florescentes na Itália e muito contribuiu para disseminar o império das superstições, àquela altura tão atacado pelos reformistas. Não é improvável que um padre habilidoso tenha se esforçado por voltar as suas próprias armas contra os renovadores; e pudesse ter se servido de seus talentos para reafirmar no populacho suas antigas crendices e superstições. Se era essa sua intenção, ele realmente atingiu seus objetivos. Uma obra como esta fala tão de perto a centenas de mentes simplórias muito mais do que metade dos livros teóricos que foram escritos desde os dias de Lutero até hoje.

Tal interpretação dos motivos do autor não passa entretanto de mera conjectura. Quaisquer que sejam seus pontos de vista, ou quaisquer que tenham sido os efeitos de sua execução, tal obra só pode ser apresentada ao público, hoje em dia, como um fato de entretenimento. Mesmo assim, alguma justificativa é necessária. Milagres, visões, adivinhações, sonhos e outros eventos sobrenaturais foram banidos atualmente até mesmo dos romances. O mesmo não se dava quando nosso autor estava escrevendo; muito menos quando a história estaria supostamente se passando. A crença em todas as espécies de prodígios era tão enraizada naquela idade de trevas, que um autor não seria fiel aos *costumes* da época se omitisse toda menção a eles. Ele próprio não é obrigado a acreditar, mas deve retratar suas personagens como se essas acreditassem.

Se se desculpa essa *atmosfera* repleta de *maravilhoso*, o leitor não encontrará mais nada indigno de sua atenção. Admitida a possibilidade dos fatos, todas as personagens se comportam como pessoas que fariam o mesmo na mesma situação. Não há nada bombástico, nem falsidades, floreios, digressões ou descrições desnecessárias. Tudo aí aponta diretamente para a catástrofe. A atenção do leitor não descansa nunca. As leis do drama são observadas praticamente durante toda a peça. As personagens são bem-desenhadas e sustentadas ainda com maior perícia. O medo, o principal agente desse autor, evita que a história se esvaneça em qualquer momento; e é tão frequentemente contrastado com cenas de grande compaixão, que a mente permanece alerta, em constante mudança de intensas paixões.

Alguns podem talvez pensar que as personagens dos servos são muito pouco sérias para o âmbito geral da história; mas além de sua contraposição às personagens principais, a arte do autor é bastante notável em sua condução dos subalternos. Eles revelam muitas das passagens cruciais da história, que não poderiam ser trazidas adequadamente à luz sem a sua ingenuidade e simplicidade; particularmente os temores femininos e a debilidade de Bianca, no último capítulo, contribuem, de modo essencial, para fazer progredir a catástrofe.

É natural que um tradutor tome o partido da obra que adaptou. Leitores mais imparciais talvez não fiquem tão impressionados com as belezas desta peça como eu. Ainda assim, não faço vista grossa para os defeitos deste meu autor. Desejaria que ele tivesse baseado a sua obra numa moral mais útil do que esta, de que *os pecados dos pais se fazem presentes em seus filhos até a terceira ou quarta geração*. Duvido que, em seu tempo, mais do que hoje em dia, a ambição restringisse o seu apetite de dominação diante do temor de tão remoto castigo. E ainda assim, tal moral é debilitada por aquela insinuação bastante direta de que até mesmo tal anátema pode ser corrigido pela devoção a São Nicolau[1]. Aqui os interesses do religioso têm realmente a preferência no julgamento do autor. Assim mesmo, com todos os seus defeitos, não tenho dúvidas de que o leitor inglês ficará contente com este livro. A compaixão que atravessa toda a obra, as lições de virtude que aí estão inculcadas e a intensa pureza dos sentimentos isentam esta obra das reprovações a

[1] Essa referência aparentemente obscura se esclarecerá ao longo da história. São Nicolau aparece no sonho do eremita, e Ricardo promete construir para o santo uma igreja e dois conventos.

que os romances estão tão frequentemente sujeitos. Se obtiver o sucesso que espero, talvez sinta-me encorajado a reimprimir o original italiano, embora com isso possa acabar depreciando o meu próprio labor. Nossa língua não tem os encantos do italiano, tanto em variedade como em harmonia. Essa é particularmente excelente para a narrativa. É difícil *narrar* em inglês sem tornar-se muito vulgar ou elevar-se demasiado; um defeito que se deve sem dúvida atribuir ao pouco caso que se tem em empregar uma linguagem pura na conversação comum. Todo francês ou italiano, de qualquer classe social, esforça-se ao máximo para falar a própria língua corretamente e com encanto. Não posso gabar-me de ter feito justiça a meu autor no que toca a esse aspecto: seu estilo é tão elegante quanto a sua condução das paixões é soberba. É uma pena que não tenha empregado seus talentos no gênero para o qual foram eles evidentemente talhados: o teatro.

Não reterei por mais tempo a atenção do leitor, exceto para fazer uma pequena observação. Embora os mecanismos da ação sejam frutos da invenção e os nomes das personagens, imaginários, não deixo de crer que os aspectos essenciais desta história sejam verdadeiros. A ação se desenrola, sem dúvida alguma, em algum castelo existente. O autor frequentemente parece, sem intenção premeditada, descrever algumas de suas divisões internas. *O aposento*, diz ele, *da ala direita; a porta na ala esquerda; a distância da capela ao apartamento de Conrado*; essas e outras passagens são fortes indícios de que o autor tinha um prédio determinado diante de seus olhos. Os curiosos, que têm tempo livre para embrenhar-se em tais pesquisas, talvez possam descobrir nos escritores italianos a fundação a partir da qual nosso autor edificou a sua obra. Se se acreditar que alguma catástrofe, bastante semelhante à que ele descreve, deu origem a este livro, tal fato irá certamente contribuir para o interesse no autor e fazer de *O Castelo de Otranto* uma história ainda mais emocionante.

Prefácio
PARA A SEGUNDA EDIÇÃO

O modo favorável com que esta pequena obra foi recebida pelo público exige que o autor dê algumas explicações sobre sua composição. Antes, porém, de expor tais motivos, é conveniente que peça desculpas a seus leitores por lhes ter apresentado sua obra sob a figura emprestada de um tradutor. Como a insegurança quanto a seus próprios talentos e originalidade de sua tentativa foram as únicas razões para que assumisse tal disfarce, o autor acredita que isso ainda possa ser desculpável. Entregou sua empreitada ao julgamento imparcial do público, determinado a deixá-la perecer na obscuridade, caso reprovada; não pensava revelar tal segredo, até que juízes mais habilitados lhe garantissem que podia assumir sua autoria sem corar.

Foi uma tentativa de mesclar duas formas de romances, a antiga e a moderna. Na primeira, tudo era imaginação e improbabilidades; na última, sempre se pretende, e muitas vezes se consegue, copiar a natureza com fidelidade. Não que não haja invenção, mas os grandes recursos da fantasia parecem ter secado em virtude de uma adesão estrita demais à vida comum. Mas, se em seus últimos espécimes, a natureza atrofiou a imaginação, ela apenas levava a cabo sua vingança, uma vez que tinha sido inteiramente excluída dos antigos romances. As ações, sentimentos e conversas dos heróis e heroínas dos tempos antigos eram tão inaturais quanto as estratégias empregadas para pô-los em movimento.

O autor das próximas páginas acreditou ser possível reconciliar as duas formas. Desejoso de deixar os poderes da fantasia livres para expandirem-se por meio dos espaços ilimitados da invenção, criando, desse modo, situações mais interessantes, ele desejava conduzir os mortais agentes de seu drama de acordo com as leis da probabilidade. Em suma, fazê-los pensar, falar e agir, tal como se suporia que meros homens e mulheres normais fariam em situações extraordinárias. Ele observou que em todos os escritos inspirados as personagens favorecidas por milagres e testemunhas dos mais estupendos fenômenos nunca perdem seu caráter humano; enquanto que nas produções de histórias românticas um evento improvável é invariavelmente sucedido por um diálogo absurdo. Seus atores parecem perder o sentido da realidade no momento em que as leis da natureza desviam-se de seu curso. Como o público aplaudiu tal tentativa, o autor não tem necessidade de dizer que se considerava inteiramente despreparado para a tarefa que desempenhou. No entanto, se a nova estrada por ele aberta puder facilitar o avanço de talentos mais brilhantes, ele os reconhecerá com prazer e modéstia, pois tinha noção de que o projeto era passível de maiores belezas do que sua imaginação, ou maestria na condução das paixões, podia lograr.

Com relação ao comportamento dos criados, ao qual já me referi no prefácio anterior, pedirei permissão para acrescentar mais algumas palavras. A simplicidade de suas atitudes, beirando quase o ridículo, que à primeira vista pareceria não estar em consonância com os moldes sérios desta obra, pareceu-me não só apropriada, como foi planejada intencionalmente dessa forma. Minha norma foi a natureza. Não importa o quão graves, importantes ou até mesmo melancólicos sejam os sentimentos de príncipes e heróis, eles não produzem os mesmos efeitos em seus criados: pelo menos esses últimos não expressam, ou não deveriam ser capazes de expressar, suas emoções no mesmo tom elevado.

Em minha humilde opinião, o contraste entre o sublime de um e a simplicidade de outro revela o patético que existe no primeiro, sob uma luz mais intensa. A própria impaciência que o leitor experimenta, quando se vê obrigado a demorar-se com as rudes trapalhadas das personagens mais vulgares, que o impedem de logo tomar conhecimento das graves catástrofes que ele espera, talvez a intensifique; em todo caso, tal impaciência certamente prova que ele estava profundamente envolvido pelo evento em questão. Mas a respeito desse tratamento, há uma autoridade mais alta do que a minha. O grande mestre da natureza, Shakespeare, foi o modelo que copiei. Deixe-me perguntar se suas tragédias de Hamlet e Júlio Cesar não perderiam uma porção considerável de seu espírito e de suas maravilhosas belezas, se o humor dos coveiros, as parvoíces de Polônio e as pilhérias desajeitadas dos cidadãos romanos fossem omitidas ou então travestidas de tons heroicos. Não são a eloquência de Antônio e a ainda mais nobre e comovedoramente simples oração de Bruto estrategicamente exaltadas pelas bruscas expansões de natureza que brotam da boca de seus ouvintes? Essas passagens lembram-nos o escultor grego que, para transmitir adequadamente a ideia de um gigante nas dimensões de um sinete, inseriu aí um menininho da altura de seu polegar.

Não, diz Voltaire em sua edição de Corneille, tal mistura de bufonaria e solenidade é intolerável[1]. Voltaire é um gênio[2] – mas não da grandeza de Shakespeare. Sem querer recorrer a autoridades duvidosas, apelarei ao próprio Voltaire. Não farei eu mesmo uso dos elogios que lançou a nosso poeta maior; embora o crítico francês tenha por duas vezes traduzido a mesma fala de Hamlet, alguns anos atrás com admiração, ultimamente com ironia; assim, lamento descobrir que seu juízo vai decrescendo quando deveria estar mais amadurecido. Farei então uso de suas próprias palavras, a respeito do teatro em geral, quando não pensava em recomendar nem em denegrir os métodos de Shakespeare; consequentemente, num momento em que Voltaire estava sendo imparcial.

---

[1] Voltaire aqui ataca a representação teatral inglesa e espanhola, e não Corneille: É verdade que em quase todas essas tragédias espanholas haveria sempre algumas cenas de bufonaria. Esse uso infecta a Inglaterra. Em não muitas tragédias de Shakespeare, encontram-se os gracejos de homens grosseiros ao lado do sublime dos heróis. A que atribuir um modo tão grotesco e tão aviltante ao espírito humano senão ao costume dos príncipes, que sempre se entretém com os seus bufões? ("Comentários sobre *El Cid*" em *Œuvres Complètes*, Moland, 1880, xxxi. 203). O ataque de Walpole a Voltaire parece ter-lhe causado posteriormente um certo desconforto. Quando o sobrinho de Voltaire, Florian, quis traduzi-lo, Walpole mencionou que estava "determinado a mostrar somente a primeira edição", Mais tarde, enviou uma cópia da segunda edição para Voltaire com uma carta. "Devo retratar-me, desculpar-me; não dizia nada do que eu pensava... tratá-lo-ia com ingratidão e impertinência, se se supusesse que você ficaria ofendido com minhas observações, ou satisfeito com minha retratação" (21 de junho de 1768).

[2] A seguinte observação é alheia à presente questão, porém escusável num inglês, que está inclinado a pensar que os severos juízos acerca de nosso imortal compatriota, emitidos por um escritor com tamanha maestria como Voltaire, podem ter sido fruto do humor e da precipitação, mais do que o resultado de um discernimento atencioso. Não será que os talentos do crítico para medir a força e a potência de nossa língua tenham se revelado tão impróprios e incompetentes quanto seu conhecimento de nossa história? Em relação a esse último aspecto, sua própria pena tem deixado evidências bastante gritantes. Em seu Prefácio a *Earl of Essex* (Conde de Essex) de Thomas Corneille, *monsieur* Voltaire declara que a verdade histórica foi, em grande parte, deturpada naquela obra. Como desculpa, argumenta que, quando Corneille a escreveu, a nobreza da França era muito pouco lida em matéria de história inglesa; mas agora, diz o comentador, que a estudam, tal equívoco na representação seria insuportável... No entanto, esquecendo que o periodo da ignorância já se havia passado e que não se faz muito necessário instruir os que já sabem, ele se põe, a partir da exuberância de suas leituras, a narrar para a nobreza de seu pais a lista dos favoritos da rainha Elizabeth ... dos quais, diz ele, Robert Dudley foi o primeiro e o conde de Leicester, o segundo. Será que alguém algum dia iria acreditar que seria preciso informar ao próprio *monsieur* Voltaire que Robert Dudley e o conde de Leicester eram a mesma pessoa?

No prefácio para seu *L'Enfant Prodigue* (*O Filho Pródigo*), uma peça excelente pela qual declaro minha admiração e a qual, mesmo que eu viva mais vinte anos, tenho certeza de que nunca tentarei ridicularizar, ele afirma as seguintes palavras a respeito da comédia (mas aplicáveis igualmente à tragédia, se a tragédia for, como certamente deve ser, uma pintura da vida humana; nem posso conceber por que o riso ocasional deveria ser banido da cena trágica, mais do que a seriedade patética banida da cômica):

On y voit un mélange de serieux et de plaisanterie, de comique et de touchant; souvent même une seule aventure *produit tous ces contrastes.* Rien *n'est si commun qu'une maison dans laquelle* un pere gronde, une fille occupée de sa passion pleure; *le fils se moque des deux, et quelques parens prennent part differemment à la scene, etc. Nous n'inferons pas de là que toute comedie doive avoir des scenes de bouffonnerie et des scenes attendrissantes: il y a beaucoup de trés bonnes pièces ou il ne régne que de la gayeté; d'autres toutes serieuses; d'autres melangées; d'autres ou l'attendrissement va jusques aux larmes:* il ne faut donner l'exclusion à aucun genre; *et, si l'on me demandait, quel genre est le meilleur, je répondrais celui qui est le mieux traité*[3].

Certamente, se uma comédia pode ser *toute serieuse*, a tragédia pode, sobriamente, uma vez ou outra, conceder um sorriso. Quem o proibirá? Poderá o crítico, que em defesa própria afirma que nenhuma forma deve ser excluída da comédia, ditar regras a Shakespeare?

[3] Vê-se aí uma mescla curiosa de aspectos sérios e divertidos, de cômico e de comovente; muitas vezes, mesmo uma única aventura produz todos esses contrastes. Nada é tão comum quanto uma casa na qual um pai dá broncas, uma filha entregue à sua paixão chora; o filho zomba de ambos e alguns parentes tomam parte na cena, cada qual de uma maneira diferente etc. Não inferimos daí que toda comédia deva ter cenas de bufonaria e cenas ternas: existem muitas peças excelentes em que não há nada além da alegria; outras inteiramente sérias; outras ainda misturadas; outras em que o enternecimento chega até as lágrimas - não é preciso excluir nenhum gênero; e se me perguntassem qual gênero é o melhor, responderia "aquele que é melhor trabalhado". (VOLTAIRE. Prefácio ao *L'Erifant Prodigue*. (*Œuvres Complètes*, Moland, 1880, iii 442-3).

Estou ciente de que o prefácio do qual extraí tal passagem não está em nome de Voltaire, mas de seu editor; no entanto, quem duvida que o editor e o autor eram a mesma pessoa? Ou onde estaria o editor que, de forma tão feliz, incorporou o estilo de seu autor e sua brilhante fluidez de argumentação? Tais trechos refletem indubitavelmente os sentimentos genuínos daquele grande escritor. Em sua "Epístola a Maffei", anteposta a seu *Mérope*[4], ele deixa escapar quase a mesma opinião, embora eu suspeite que com alguma ironia. Repetirei suas palavras e então apresentarei minhas razões para repeti-las. Depois de traduzir uma passagem no *Mérope* de Maffei, *monsieur* Voltaire acrescenta:

> *Tous ces traits sont naïfs: tout y est convenable à ceux que vous introduisez sur lu scene,* et aux moeurs que vaus leur donnez. *Ces familiarités naturelles eussent été, à ce que je crois, bien reçues dans Athenes; mais Paris et notre parterre veulent une autre espece de simplicité*[5].

Suspeito, devo dizer, que não haja uma gota de sarcasmo nessa ou em outras passagens dessa "Epístola"; ainda assim, a força da verdade não é diminuída por levemente estar tacada de ironia. Maffei devia representar uma história grega; com certeza, os atenienses eram juízes tão competentes dos costumes gregos e do modo de apresentá-los, como a plateia de Paris. Ao contrário, diz Voltaire (e não posso deixar de admirá-lo por seu raciocínio), havia apenas dez mil cidadãos em Atenas e Paris tem quase oitocentos mil habitantes, entre os quais se podem contar trinta mil juízes de obras dramáticas. – De fato! Mas ainda que seja um tribunal tão numeroso, acredito que essa é a única instância em que jamais se pretendeu que trinta mil pessoas, vivendo quase dois mil anos depois do período em questão, sejam, unicamente por sua quantidade,

[4] Mérope é uma peça do italiano Scipione Maffei que Voltaire adaptou para o francês.

[5] Todos esses traços são ingênuos: tudo aí é conveniente àqueles que você introduz na cena e aos costumes que você lhes dá. Tais familiaridades naturais, creio mesmo, teriam sido bem recebidas em Atenas; mas Paris e nossa plateia querem um outro tipo de simplicidade. (VOLTAIRE. "Epístola a Maffei". precedendo *Mérope*, em *Œuvres Complètes*. Moland. 1880. iv. 188).

consideradas juízes mais preparados do que os próprios gregos para julgar de que maneira deveriam ser tratados os costumes de uma tragédia baseada numa história grega.

Não entrarei numa discussão a respeito da *espece de simplicité* que a plateia de Paris exige, nem das correntes com as quais esses *trinta mil juízes* aprisionam uma poesia cujo principal mérito, como ouso inferir de várias passagens do Novo Comentário acerca de Corneille, consiste em voar apesar de tais cadeias[6]; um mérito que, se verdadeiro, reduziria a poesia de um elevado esforço da imaginação a um trabalho pueril e desprezível – *diffticiles nugae*[7] perante uma testemunha!

Não posso, entretanto, deixar de mencionar um dístico, que aos ouvidos ingleses sempre soaram como o mais chato e trivial exemplo de precisão circunstancial; mas Voltaire, que leu de modo tão severo nove décimos da obra de Corneille, o destacou para defender em Racine:

De son appartement cette porte est prochaine,

Et cette autre conduit dans celui de la reine.

[De seu apartamento aquela porta é vizinha,

E esta outra conduz àquele da RAINHA.]

Ah, pobre Shakespeare! Se tivesse apresentado Rosencranz a informar seu companheiro Guildenstern da planta do palácio de Copenhague, em vez de nos presentear com um diálogo moral entre o príncipe da

[6] Consiste em voar apesar de tais cadeias: refere-se à reprovação dos críticos e à aprovação popular do *El Cid*. Dentre os cinco escritores indicados por Richelieu para escrever uma versão do Cid, Corneille recebeu a incubência pelo terceiro ato. Contudo, ele foi além da conta na execução da tarefa e foi condenado por seus companheiros, por Richelieu e a Academia, mas a peça obteve sucesso imediato. (*Commentaires sur Corneille* em *Œuvres Complètes*. Moland, 1880, xxxi. 205-7).

[7] *Difficiles nugae*: "divertimentos obtidos com esforço" (Marcial, *Epigramas* II 86 9).

Dinamarca e o coveiro, a iluminada plateia de Paris teria uma *segunda oportunidade*[8] para adorar seus talentos.

O propósito de tudo quanto se disse é resguardar minha própria ousadia sob o exemplo do gênio mais brilhante que este país, pelo menos, produziu. Poderia ter argumentado que, tendo criado uma nova forma de romance, eu estava livre para empregar quaisquer normas que julgasse adequadas à sua execução. Mas, sinto-me mais orgulhoso de ter imitado, embora de modo débil, pálido e a grande distância, um modelo tão magnífico, do que ter todo o mérito da invenção, a menos que pudesse ter imprimido em minha obra o gênio tanto quanto a originalidade. Do modo como está, o público já a honrou o bastante, seja qual for o patamar em que venham a colocá-la[9].

[8] A primeira vez teria sido em *Berenice* de Racine, a segunda, em *Hamlet*.

[9] Ou seja, por comprar o livro, o público já o honrou, não importa em que lugar seu último veredito venha a colocá-lo.

SONETO À HONORÁVEL

LADY MARY COKE[1]

A gentil donzela, cuja triste história
Estas páginas melancólicas narram;
Dize, graciosa dama, se conseguiu
Extrair-te da face uma só lágrima?

Não; nunca foi teu peito generoso
Insensível às humanas amarguras;
Terno, porém firme, se tortura
Por fraquezas que nunca conheceu.

Oh! protege as surpresas deste canto,
De vil ambição castigada por destino,
Do julgamento impertinente da razão;

Dá-lhes um sorriso, é quanto basta
Para expandir minha vela imaginária;
No fundo, teu sorriso é o que me vale.

H. W

---

[1] Lady Mary Coke (1726-1811) é a quinta filha de John Campbell, segundo Duque de Argyll. Casou-se em 1747 com Edward Coke, conhecido como Visconde Coke. São conhecidas 26 cartas de Horace Walpole endereçadas a ela.

UMA HISTÓRIA GÓTICA

CAPÍTULO I

Manfredo, príncipe de Otranto, tinha um filho e uma filha. Esta, uma linda donzela de dezoito anos, chamava-se Matilda. O filho, Conrado, era quase três anos mais novo, um rapaz caseiro, doentio, de disposição nada promissora. Ainda assim era o preferido de seu pai, que jamais mostrara quaisquer sinais de afeto por Matilda.

Manfredo havia conseguido contratar um casamento para seu filho com Isabela, a filha do Marquês de Vicenza. Mal os tutores da princesa entregaram-na aos cuidados de Manfredo, este se apressou em celebrar as bodas, tão logo o precário estado de saúde de Conrado o permitisse.

A impaciência com que Manfredo aguardava tal cerimônia era percebida por sua família e pelos vizinhos. Os primeiros, no entanto, conhecendo a severidade das disposições do príncipe, não ousavam qualquer comentário sobre as causas de tal precipitação. Hipólita, sua esposa, senhora de temperamento amoroso, aventurou-se, uma vez ou outra, a observar o perigo de casarem seu único filho de forma tão apressada, considerando sua extrema juventude e enfermidades ainda maiores; mas nunca obteve qualquer outra resposta além dos comentários acerca de sua própria esterilidade, que dera ao principado de Otranto apenas um herdeiro.

Já os vassalos e súditos eram menos cautelosos em suas conversas: eles atribuíam o casamento apressado ao terror do príncipe em ver cumprida uma antiga profecia, que proclamava *que o castelo e o senhorio de*

Otranto passariam da presente família, quando quer que o seu verdadeiro proprietário crescesse demais para habitá-lo.

Era difícil extrair algum sentido dessa profecia. Menos fácil ainda era compreender que relação tinha com o casamento em questão. Entretanto, tais mistérios ou contradições não impediam que a população desse crédito à profecia e aderisse a tais opiniões.

O dia do aniversário do jovem Conrado foi a data escolhida para a cerimônia. A corte estava reunida na capela do castelo, com tudo pronto para o início do ofício divino, quando se notou que o próprio Conrado estava faltando. Manfredo, impaciente com qualquer atraso e não tendo visto seu filho retirar-se, despachou um dos criados para chamar o jovem príncipe.

O criado, que não se ausentara tempo o bastante para cruzar o pátio até os aposentos de Conrado, voltou correndo e sem fôlego, com gestos frenéticos, os olhos esbugalhados, a boca espumando. Não dizia nada, limitando-se a apontar para o pátio.

Os presentes ficaram tomados de terror e surpresa. A princesa Hipólita, sem saber o que acontecera, mas aflita pela sorte do filho, desmaiou. Manfredo, menos apreensivo do que enraivecido com o adiamento das núpcias e com o descontrole de seu servo, indagou imperiosamente:

– Que está acontecendo?

O camarada não respondeu, mas continuou apontando para o pátio interno. Só depois de repetidas perguntas que lhe foram feitas, gritou:

– O! O elmo! O elmo!

Enquanto isso alguns dos presentes haviam corrido até o pátio, de onde então partiu um confuso burburinho de gritos, horror e espanto. Manfredo, que começava a alarmar-se por não ver seu filho, foi pessoalmente saber o que causava tão estranha confusão. Matilda, solícita, permaneceu para assistir sua mãe, Isabela ficou pela mesma razão, e evitando demonstrar qualquer impaciência pelo noivo, por quem, no fundo, nutria pouco afeto.

O primeiro fato que atraiu a atenção de Manfredo foi um grupo de criados que se esforçavam por erguer do chão alguma coisa que lhe pareceu ser uma montanha de plumas negras. Ele fitava sem acreditar no que via.

– Que estão fazendo? – gritou Manfredo, furibundo. – Onde está meu filho?

Um alarido de vozes respondeu:

– Oh, meu senhor! O príncipe! O príncipe! O elmo! O elmo!

Irritado como esses sons de lamentação e temendo nem sabia bem o quê, Manfredo avançou rapidamente. Mas que espetáculo para os olhos de um pai! Encontrou seu filho feito em pedaços e quase enterrado sob um gigantesco elmo, uma centena de vezes maior do que qualquer capacete jamais feito para um ser humano e enegrecido por uma quantidade apreciável de plumas pretas.

O horror da visão, a ignorância de todos ao redor quanto às circunstâncias em que ocorrera aquela desgraça e, acima de tudo, o tremendo fenômeno à sua frente, suprimiram a voz do príncipe. Assim mesmo seu silêncio durou mais tempo do que a dor faria prever. Fixou os olhos naquilo que inutilmente desejava não passasse de mera visão; e parecia menos atento à sua perda, do que ensimesmado no estupendo objeto que a havia provocado. Tocou, examinou o elmo fatal; nem mesmo as remanescentes partes misturadas, que ainda sangravam, do jovem príncipe podiam desviar os olhos de Manfredo do prodígio à sua frente.

Todos que haviam conhecido sua afeição especial pelo jovem Conrado estavam agora tão surpresos com a insensibilidade do príncipe, quanto aterrados com o milagre do elmo. Conduziram o cadáver desfigurado até o saguão, sem receber nenhuma indicação de Manfredo. Tampouco foi ele atencioso para com as damas que haviam permanecido na capela; ao contrário, sem fazer menção às infelizes princesas, sua esposa e sua filha, os primeiros sons que saíram dos lábios de Manfredo foram:

– Cuidem da senhora Isabela.

Os criados, sem se dar conta da singular ordem, foram levados, por sua afeição para com a princesa-mãe, a considerar a ordem como endereçada particularmente a ela, e correram em seu auxílio. Escoltaram-na até seus aposentos, mais morta do que viva e indiferente a todas as estranhas circunstâncias que ouvira, exceto à morte de seu filho. Matilda, que era devotada à sua mãe, apaziguou sua própria dor e perplexidade, pensando apenas em assistir e confortar sua aflita mãe. Isabela, que fora tratada por Hipólita como uma filha e que devolvia tal ternura com igual devoção e afeto, não deixava de dispensar à princesa o mesmo constante cuidado, esforçando-se, ao mesmo tempo, por partilhar e aliviar o peso da dor que se abatia sobre Matilda, por quem nutria a mais cálida simpatia e amizade.

No entanto, a sua própria situação não lhe ocupava os pensamentos. Não sentia muito pela morte do jovem Conrado, exceto comiseração; e não estava triste em ter se visto livre de um casamento que lhe prometia pouca felicidade, tanto da parte de seu destinado noivo, como da parte do áspero temperamento de Manfredo, que, embora a houvesse distinguido com grandes benevolências, havia imprimido o terror em sua mente, devido a sua severidade despropositada para com princesas tão amáveis quanto Hipólita e Matilda.

Enquanto as damas conduziam a desolada mãe para sua cama, Manfredo permaneceu no pátio, mirando o pavoroso capacete, insensível à multidão que se apinhava à sua volta, atraída pelo estranho acontecimento. As poucas palavras que articulou foram somente para indagar se algum homem sabia de onde aquilo podia ter vindo. Ninguém pôde lhe dar a menor informação. Entretanto, como parecia ser esse o único objeto de sua curiosidade, logo o mesmo aconteceu com os demais espectadores, cujas conjecturas eram tão absurdas e improváveis quanto a própria catástrofe sem precedentes.

No meio daquelas opiniões insensatas, um jovem camponês, que os rumores haviam atraído de uma aldeia próxima, observou que o milagroso elmo era exatamente como aquele sobre a figura em mármore negro de Afonso o Bom, um dos primeiros príncipes, na Igreja de São Nicolau.

– Vilão! Que está dizendo? – gritou Manfredo, saindo de seu transe numa explosão de raiva e agarrando o rapaz pelo pescoço. – Como ousa pronunciar tal coisa? Pagará com a vida por isso.

Os presentes, que compreendiam tão pouco os motivos da fúria do príncipe como tudo o mais que haviam visto, ficaram atônitos ante essa nova circunstância. O jovem camponês estava ele mesmo mais surpreso, não conseguindo conceber como ofendera o príncipe. Entretanto, recompondo-se, com uma mistura de graça e humildade, desembaraçou-se do punho de Manfredo e, então, com uma obediência que revelava mais sua ressentida inocência do que debilidade, perguntou respeitosamente de que crime era culpado.

Manfredo, ainda mais enraivecido com o vigor com que o jovem se libertara de suas mãos, embora exercido decentemente, do que apaziguado por sua submissão, ordenou a seus vassalos que o agarrassem e, não tivesse sido ele segurado pelos amigos que convidara para as núpcias, teria apunhalado o camponês aprisionado em seus braços.

Enquanto durava essa altercação, alguns dos espectadores haviam corrido até a grande igreja próxima do castelo e voltaram boquiabertos, declarando que faltava o elmo da estátua de Afonso. Com essa notícia, Manfredo tornou-se inteiramente possesso; e, como se procurasse algo em que desanuviar a tempestade que o assolava, lançou-se novamente sobre o jovem camponês, gritando:

– Vilão! Monstro! Feiticeiro! Assim é que feriu o meu filho!

A multidão, carente de algo plausível, conforme suas capacidades, para descarregar seus raciocínios desorientados, tomou as palavras da boca de seu senhor e pôs-se a repeti-las;

– Sim, sim, foi ele, ele! Ele roubou o elmo do túmulo do bom Afonso e rompeu os miolos do nosso jovem príncipe!

E não pararam para pensar em quão assombrosa era a desproporção entre o elmo de mármore que estivera na igreja e aquele de metal que tinham diante dos olhos; nem quão impossível seria para um jovem, que aparentemente não fizera nem vinte anos, suspender uma peça de armadura de tão formidável peso.

O desvario dessas exclamações trouxe Manfredo de volta a si. No entanto, quer irritado com o fato de o jovem ter observado a semelhança entre os dois capacetes, o que levou posteriormente à descoberta de que um deles faltava na igreja; quer desejando suprimir qualquer rumor sobre tão impertinente suposição; declarou gravemente que o jovem era, com certeza, um feiticeiro e que até que a igreja tivesse tomado conhecimento do assunto, ele manteria o mago que haviam capturado prisioneiro sob o próprio elmo. Assim, ordenou a seus vassalos que erguessem a peça e pusessem o jovem debaixo; declarou que fosse ali mantido sem comida, pois essa a sua própria arte infernal poderia prover.

De nada adiantou ao jovem opor-se a essa louca sentença; em vão tentaram os amigos de Manfredo desviá-lo dessa resolução tão selvagem e pouco fundamentada. Os demais ficaram encantados com a decisão de seu senhor, a qual, conforme seus julgamentos, tinha grande aparência de justiça, já que o mago deveria ser punido pelo próprio instrumento com o qual ferira. Nem ficaram compadecidos com a possibilidade de o jovem passar fome, pois deveras acreditavam que ele, com suas artes diabólicas, poderia facilmente arrumar alimento para si.

Dessa forma, Manfredo viu suas ordens serem cumpridas com certo entusiasmo até e, deixando um guarda com ordens estritas para evitar que qualquer alimento fosse servido ao prisioneiro, despediu-se de seus amigos e servidores, e se retirou para seu próprio quarto, depois de ter trancado os portões do castelo, dentro do qual ordenou que permanecessem apenas seus criados.

Enquanto isso, o zelo e a atenção das jovens damas tinham trazido a princesa Hipólita de volta a si, que, em meio ao transe de sua própria dor, frequentemente pedia notícias de seu senhor; queria até mandar seus criados buscarem-no e acabou ordenando a Matilda que a deixasse e fosse visitar e confortar seu pai. Matilda, pouco desejosa de demonstrar qualquer estima por Manfredo, pois tremia com sua austeridade, obedeceu às ordens de Hipólita, que ternamente deixou entregue aos cuidados de Isabela. Inquirindo os servos quanto ao paradeiro de seu pai, foi informada de que este havia se retirado para seus aposentos, recomendando que ninguém ali entrasse. Convencida de que ele mergulhara na dor pela morte de seu irmão e temerosa de renovar suas lágrimas quando visse a única filha que lhe restava, hesitou se deveria perturbar sua aflição; mas sua solicitude, amparada pelas ordens de sua mãe, encorajou-a a desobedecer as ordens que ele havia dado; uma falta de que ela nunca tinha sido culpada antes.

A doce timidez de sua natureza fez com que hesitasse alguns minutos diante da porta. Ela o ouvia atravessar o quarto de um lado para outro com passadas desordenadas; um estado de espírito que aumentou suas preocupações. Estava a ponto de pedir permissão para entrar quando Manfredo abriu repentinamente a porta; e como já estava escuro, somando-se essa circunstância à desordem de sua mente, não percebeu claramente de quem se tratava, mas perguntou enraivecido o que se passava.

Matilda respondeu tremendo:

– Meu querido pai, sou eu, sua filha.

Manfredo, dando um passo para trás, gritou:

– Saia, eu não quero uma filha.

E, recuando apressadamente, bateu a porta diante da aterrorizada Matilda. Esta estava por demais habituada à impetuosidade de seu pai para arriscar uma segunda tentativa. Depois de se recuperar um pouco de tão amarga recepção, enxugou as lágrimas, para evitar o trauma adicional que elas provocariam em Hipólita, que a questionou de modo bastante ansioso acerca da saúde de Manfredo e sobre como ele estava suportando a perda. Matilda assegurou-lhe que ele estava bem e que suportava sua desgraça como um forte.

– Ele não me deixará vê-lo? – indagou Hipólita pesarosamente. – Não permitirá que eu misture minhas lágrimas com as suas e derrame meu pranto materno no seu peito? Ou está me enganando, Matilda? Sei o quanto Manfredo amava este filho: não terá sido um golpe forte demais para ele? Terá ele sucumbido? Não me responde... Ah, temo o pior! Levem-me, minhas aias: eu irei, irei ver meu senhor. Levem-me até ele imediatamente; ele me é mais caro do que meus próprios filhos.

Matilda fez sinal a Isabela para que não deixasse Hipólita se levantar; e estavam essas duas jovens adoráveis a empregar todos seus doces esforços para deter e acalmar a princesa, quando chegou um criado a mando de Manfredo e disse a Isabela que seu senhor queria falar-lhe.

– Comigo! – gritou Isabela.

– Vá! – disse Hipólita, aliviada por ouvir alguma notícia de seu esposo. – Manfredo não consegue suportar a visão de sua própria família. Ele crê que está menos perturbada do que nós e teme o peso de minha dor. Console-o, querida Isabela, e diga-lhe que prefiro aplacar a minha angústia do que aumentar a dele.

Já era noite; o criado que acompanhou Isabela levava um archote a sua frente. Quando se aproximaram de Manfredo, que andava impacientemente de um lado para outro da galeria, este estancou e disse asperamente:

– Leve embora essa luz e saia.

Então fechou a porta num ímpeto, foi sentar-se num banco contra a parede, fez sinal para que Isabela se sentasse a seu lado. Ela obedeceu, tremendo.

– Pedi que viesse até aqui, senhora – disse e calou-se em seguida, aparentando grande confusão.

– Meu senhor!

– Sim, pedi que viesse por um assunto de grande importância – tornou ele. – Enxugue as lágrimas, minha jovem... Perdeu seu noivo... Sim, destino cruel, e eu perdi as esperanças de minha raça! Mas Conrado não era digno de sua beleza.

– Como? – disse Isabela – certamente meu senhor não crê que estou a fingir o pesar que é meu dever sentir! Minha lealdade e afeição teriam sempre...

– Não pense mais nele – interrompeu Manfredo, – ele era uma criança enfermiça e os céus talvez o tenham levado para que eu não confiasse as honras de minha casa a uma fundação tão frágil. A linhagem dos Manfredos exige inúmeros pilares. A louca afeição que eu nutria por aquele rapaz cegou os olhos de minha cautela – mas é melhor como está. Espero em alguns anos ter razão em me alegrar com a morte de Conrado.

Palavras não podem descrever o espanto de Isabela. De início pensou que a dor havia perturbado a mente de Manfredo. Seu pensamento seguinte foi o de que esse estranho discurso visava a fazer-lhe cair numa armadilha: receava que Manfredo tivesse notado a indiferença que sentia por seu filho. Por isso, replicou:

– Meu nobre senhor, não duvide de meu afeto; meu coração teria seguido minha mão. Conrado teria recebido todo meu carinho; e o que quer que ocorra comigo, sempre honrarei sua memória e considerarei a sua alteza e a virtuosa Hipólita como meus pais.

– Dane-se Hipólita! – gritou Manfredo. – Esqueça-a desde já, como eu a esqueço. Em resumo, minha senhora, perdeu um marido que não estava à altura de seus encantos: esses agora terão melhor destino. Em vez de um garoto enfermiço, terá um marido no vigor da idade, que saberá dar valor às suas belezas e pode gerar uma prole numerosa.

– Ai, meu senhor – disse Isabela, – minha mente está por demais abalada com a recente catástrofe que atingiu esta família para pensar noutro casamento. Se meu pai algum dia retornar, e se for de seu agrado, obedecerei, como fiz, quando consenti em dar minha mão ao seu filho: mas até seu retorno permita que eu me abrigue sob o seu teto hospitaleiro e passe essas horas melancólicas confortando suas dores, as de Hipólita e as da bela Matilda.

– Já lhe pedi uma vez antes que não nomeasse essa mulher – exclamou Manfredo com raiva. – De agora em diante ela deve ser uma estranha para você como é para mim. Em resumo, Isabela, como não posso dar-lhe meu filho, ofereço-me a mim mesmo.

– Céus! – gritou Isabela, caindo em si. – Que estou a ouvirl Meu senhor! Meu sogro! O pai de Conrado! Marido da terna e virtuosa Hipólita!

– Digo-lhe – bradou Manfredo imperiosamente que Hipólita não é mais minha esposa; divorcio-me dela neste instante. Ela já me amaldiçoou por muito tempo com a sua esterilidade: minha sorte depende de ter filhos e confio que esta noite dará novo ímpeto às minhas esperanças.

Com tais palavras, pegou na mão fria de Isabela, semiparalisada de medo e horror. Ela gritou e fugiu. Manfredo erguia-se para persegui-la, quando a lua, que agora estava alta e lançava seus raios sobre a janela defronte revelou-lhe a visão das plumas do elmo fatal, que se erguia até aquela altura, oscilando para frente e para trás de modo tempestuoso e acompanhado por um ruído rouco e arrastado. Isabela, temendo acima de tudo que Manfredo perseverasse em seu intento, reuniu todas as suas forças e gritou:

– Veja, meu senhor! O próprio céu se mostra contrário às suas ímpias intenções.

– Nem céu nem inferno hão de impedir os meus desígnios – disse Manfredo, avançando novamente para agarrar a princesa.

Naquele instante o retrato do avô de Manfredo, pendurado sobre o banco no qual há pouco os dois haviam se sentado, deu um profundo suspiro e moveu o peito. Isabela, que estava de costas para o quadro, não viu movimento algum, nem percebeu de onde o som partira, mas estancou e disse:

– Ei! Que som foi esse, meu senhor? – e no mesmo instante correu para a porta.

Manfredo, indeciso entre a fuga de Isabela, que agora já alcançara os degraus da escada, e sua incapacidade de desviar os olhos do retrato, que começava a se mover, tinha, no entanto, dado alguns passos em direção à jovem, ainda com os olhos voltados para o retrato, quando o viu sair da moldura e descer até o chão com ar grave e melancólico.

– Estou sonhando? – gritou Manfredo, tornando a si – ou todos os demônios se reuniram em legião contra mim? Fale, espectro infernal! Se é meu avô, por que também conspira contra seu desgraçado descendente, que sofre tão profundamente por...

Antes que pudesse terminar a frase, o vulto suspirou novamente e fez sinal para que Manfredo o seguisse.

– Adiante! – exclamou Manfredo – hei de segui-lo até o fosso da perdição.

O espectro marchou pesada e solenemente até o fundo da galeria e entrou num aposento na ala direita. Manfredo acompanhava-o a pouca distância, cheio de ansiedade e horror, mas resoluto. Mal o espectro transpôs a porta, esta foi fechada violentamente por uma mão invisível. O príncipe, reunindo as suas forças, tentou abri-la a pontapés, mas logo percebeu que resistia a seus maiores esforços.

– Já que o inferno não satisfará a minha curiosidade – disse Manfredo, – usarei os meios humanos em meu poder para preservar a minha raça; Isabela não me escapará.

Essa jovem, cuja força de vontade cedera ao terror, assim que se afastara de Manfredo, continuou sua fuga pela escada principal. Lá embaixo parou, sem saber para onde dirigir os seus passos, nem em como escapar da impetuosidade do príncipe. Sabia que os portões do castelo estavam fechados e havia guardas no pátio. Se, conforme o seu coração, corresse até Hipólita para avisá-la do cruel destino que a esperava, não tinha dúvidas de que Manfredo a procuraria por lá e sua violência o incitaria a duplicar a injúria que ele concebera, sem deixar-lhes espaço para se precaverem contra a impetuosidade de tais paixões. Uma demora poderia dar-lhe tempo para meditar acerca das horríveis medidas que havia conjecturado, ou produzir alguma circunstância que viesse em seu favor, se ela conseguisse, pelo menos por esta noite, adiar seu odioso intento. No entanto, onde podia se esconder? Como escapar da perseguição que ele infalivelmente faria por todo o castelo?

Enquanto esses pensamentos passavam rapidamente por sua cabeça, lembrou de uma passagem subterrânea que conduzia da cripta do castelo até a Igreja de São Nicolau. Se conseguisse chegar ao altar antes de ser capturada, sabia que até mesmo a violência de Manfredo não ousaria profanar o sagrado lugar; e tomou a resolução de que, se nenhum outro meio de libertação viesse em seu auxílio, trancar-se-ia para sempre entre as virgens dedicadas, cujo convento era contíguo à catedral. Firmemente decidida, tomou uma tocha que queimava ao pé da escada e rumou correndo para a passagem secreta.

A parte subterrânea do castelo era escavada numa série de vários claustros interligados e não era fácil para alguém em tal estado de ansiedade encontrar a porta que abria para a caverna. Um silêncio assustador reinava nessas regiões subterrâneas, exceto quando, vez por outra, algumas rajadas de vento sacudiam as portas pelas quais ela havia passado e os gongos de ferro ecoavam através daquele longo labirinto de trevas. Cada rumor deixava-a possuída por um novo terror; mas ainda assim temia, acima de tudo, a voz irada de Manfredo ordenando seus criados a perseguirem-na. Ela pisava tão levemente quanto sua impaciência o permitia, ainda assim, com frequência estancava para ouvir se estava sendo seguida. Num desses momentos acreditou ter ouvido um suspiro. Estremeceu e recuou alguns passos. Num instante pensou ter ouvido os passos de alguém. O sangue gelou; com certeza era Manfredo. Todos os pavores que o horror podia sugerir subiram à sua mente. Condenou-se pela fuga apressada, que a havia exposto à fúria de Manfredo num lugar onde seus gritos provavelmente não atrairiam ninguém em seu auxílio. No entanto, o som não parecia vir de trás. Se Manfredo sabia onde ela estava, ele devia tê-la seguido: ela estava ainda num dos claustros e os passos que ouvira eram nítidos demais para provir de onde ela viera.

Animada com esse pensamento e esperando encontrar um aliado em qualquer um que não fosse o príncipe, ia seguir em frente, quando uma porta, um pouco adiante à sua esquerda, abriu-se suavemente; mas antes que sua tocha pudesse iluminar quem a havia aberto, a pessoa recuou apressadamente ao notar a luz.

Isabela, que cada incidente era bastante para desanimar, hesitou se devia prosseguir. Mas seu temor de Manfredo logo superou qualquer outro horror. A própria circunstância de haver alguém fugindo à sua frente deu-lhe uma certa dose de coragem. Só poderia ser, pensou ela, algum servo do castelo. Sua docilidade nunca lhe valera um inimigo e sua consciência inocente dava-lhe esperança de que, a menos que fossem enviados pelo príncipe para procurá-la, seus criados iriam mais ajudá-la do que impedir sua fuga. Assegurada por esses pensamentos e acreditando, pelo que podia observar, que estava próxima da entrada da caverna subterrânea, aproximou-se da porta que fora aberta, porém, uma súbita rajada de vento, alcançando-a na entrada, apagou a tocha e a deixou na mais completa escuridão.

Palavras não podem descrever o horror da situação em que se encontrava a princesa. Sozinha em local tão sinistro, sua mente ainda impressionada por todos os terríveis acontecimentos do dia, sem condições de escapar, esperando, a cada momento, a chegada de Manfredo, e longe de estar tranquila, sabendo que se encontrava ao alcance de um desconhecido, que, por alguma razão, parecia escondido lá embaixo – todos esses pensamentos acumularam-se em sua mente extenuada e ela estava prestes a sucumbir a tamanhas apreensões. Encomendou-se a todos os santos do céu e interiormente implorou por sua ajuda. Durante um tempo considerável permaneceu numa agonia desesperada. Por fim, tão levemente quanto possível, procurou a porta e, tendo-a encontrado, tremendo entrou na cripta, de onde haviam partido o suspiro e os passos. Deu-lhe uma espécie de alegria momentânea perceber um tênue raio de luar brilhando desde o teto da cripta, que parecia ter cedido e do qual pendia um fragmento de terra ou de pedra (ela não conseguia distinguir qual), que parecia ter desmoronado para dentro. Avançou rapidamente para a abertura, quando percebeu um forma humana de pé rente à parede.

Deu um grito, acreditando ser o fantasma do seu falecido Conrado. A figura, avançando, disse numa voz cordata:

– Não se assuste, senhora; não lhe farei mal.

Isabela, um pouco encorajada pelas palavras e pelo tom de voz do estranho, e lembrando-se de que este devia ser a mesma pessoa que havia aberto a porta, recobrou-se o bastante para replicar:

– Senhor, quem quer que seja, tenha piedade de uma pobre princesa que está à beira da ruína: ajude-me a escapar deste castelo mortal ou em alguns instantes poderei tornar-me miserável para sempre.

– Ai – disse o estranho, – que posso fazer para ajudar-lhe? Morrerei em sua defesa, mas não conheço este castelo e quero...

– Oh – disse Isabela, interrompendo-o com rapidez, – ajude-me apenas a encontrar um alçapão que deve estar por aqui e será o maior serviço que pode fazer por mim; pois não tenho um minuto a perder.

Dizendo essas palavras, começou a tatear o chão, incitando o estranho a procurar também uma pequena peça de metal incrustada numa das pedras.

– É uma fechadura – disse ela – que abre com uma mola, da qual sei o segredo. Se conseguir encontrar isso, poderei escapar; se não, aí, gentil estranho, receio que o terei envolvido em minhas próprias desgraças: Manfredo suspeitará de você por ter me ajudado em minha fuga e você será uma vítima de seu ressentimento.

– De pouco vale a minha vida – disse o estranho. – E me será de algum conforto perdê-la tentando libertá-la de tal tirania.

– Jovem generoso – disse Isabela, – como poderei retribuir-lhe...

Enquanto pronunciava essas palavras, um raio de luar caindo através do teto arruinado iluminou diretamente a fechadura que procuravam.

– Oh maravilha! – disse Isabela. – Aqui está o alçapão!

E tomando uma chave, acionou a mola, que descobriu uma argola de ferro.

– Levante a porta – disse a princesa.

O estranho obedeceu e logo abaixo apareceram alguns degraus de pedra, que mergulhavam num outro fosso completamente escuro.

– Devemos descer aqui – disse Isabela. – Siga-me, escuro e assustador como é, mesmo assim não temos como errar o caminho; ele leva direto para a Igreja de São Nicolau. Mas talvez – acrescentou a princesa modestamente – você não tenha motivos para abandonar o castelo, nem tenho eu mais necessidade de seus préstimos; em alguns minutos estarei a salvo da raiva de Manfredo... Permita apenas com que eu saiba a quem devo minha salvação.

– Nunca a abandonarei – disse o estranho energicamente – até que esteja em segurança. Nem me creia, princesa, mais generoso do que sou. Embora seja você meu principal cuidado...

O estranho foi interrompido por um repentino rumor de vozes que parecia aproximar-se e logo ambos puderam discernir estas palavras:

– Não me falem em feiticeiros... Digo-lhes que ela deve estar no castelo; irei encontrá-la apesar de todos os feitiços.

– Oh céus! – gritou Isabela. – É a voz de Manfredo. Depressa ou estaremos perdidos! E feche o alçapão atrás de você.

Dizendo isso, ela desceu os degraus precipitadamente. Quando o estranho tentou segui-la, deixou o alçapão escapar de suas mãos: este caiu e fechou-se novamente. Sem ter observado o modo de Isabela tocar a mola e sem tempo para fazer muitas tentativas, ele tentou abri-lo, mas em vão. O barulho da queda do alçapão fora ouvido por Manfredo que, atraído pelo som, lançou-se naquela direção, seguido por seus criados, que levavam as tochas.

– Deve ser Isabela! – gritou Manfredo antes de adentrar na cripta – ela está escapando pela passagem subterrânea, mas não pode ter ido muito longe.

Qual não foi a surpresa do príncipe quando, em vez de Isabela, a luz das tochas revelou-lhe o jovem camponês, que ele acreditava prisioneiro sob o elmo fatal!

– Traidor! – gritou Manfredo. – Como chegou até aqui? Julgava-o prisioneiro e bem vigiado lá em cima no pátio.

– Não sou traidor – respondeu o rapaz de modo desenvolto. – Nem sou responsável por seus pensamentos.

– Orgulhoso vilão! – exclamou Manfredo – quer provocar o meu furor? Diga-me, como escapou de lá de cima? Corrompeu os guardas e suas vidas pagarão por isso.

– Minha pobreza – disse o camponês calmamente – provará a inocência deles: embora ministros da ira de um tirano, eles são leais a seu senhor e desejosos de cumprir as ordens que tão injustamente lhes foram impostas.

– Será tão arrogante a ponto de suportar a minha vingança? – disse o príncipe. – Mas as torturas extrairão de você a verdade. Diga-me, quero conhecer quem são os seus cúmplices.

– Lá está meu cúmplice! – disse o jovem sorrindo e apontando para o teto.

Manfredo ordenou que as tochas fossem levantadas e percebeu que uma das arestas do elmo enfeitiçado havia penetrado através do pavimento do pátio, quando seus criados o haviam deixado cair sobre o campônio, tendo perfurado até o teto da cripta, deixando uma fresta por onde o rapaz havia se esgueirado alguns minutos antes de ser encontrado por Isabela.

– Foi por esse caminho que desceu? – perguntou Manfredo.

– Foi – respondeu o jovem.

– Mas que barulho foi aquele – indagou Manfredo – que ouvi quando entrava no claustro?

– Uma porta bateu, senhor – disse o camponês. – Ouvi-o tão bem quanto o senhor.

– Que porta? – perguntou Manfredo ansiosamente.

– Não estou familiarizado com o seu castelo, senhor – disse o jovem. – Esta é a primeira vez que estou aqui e esta cripta é a única parte dentro dele em que já estive...

– Mas eu lhe digo – continuou Manfredo, querendo saber se o jovem descobrira o alçapão. – Foi por aqui que ouvi o som: meus criados ouviram-no também.

– Meu senhor – interrompeu um deles apressadamente, – tenho certeza de que foi o alçapão e ele estava a escapar por ali.

– Quieto, imbecil! – disse o príncipe furioso. – Se ele ia escapar como é que está deste lado? Quero saber de sua própria boca que ruído foi aquele que ouvi. Diga-me, de verdade. Sua vida depende de sua sinceridade.

– Minha sinceridade me é mais cara do que minha vida, senhor – disse o camponês. – Nem eu compraria uma vendendo a outra.

– Realmente! jovem filósofo – disse Manfredo contemptuosamente, – diga-me então o que foi o ruído que ouvi?

– Pergunte-me o que posso responder – disse o jovem – e me condene à morte imediatamente se disser uma mentira.

Manfredo, impacientando-se ainda mais com a constante firmeza e indiferença do jovem, gritou:

– Então, muito bem, homem da verdade, responda: foi a porta do alçapão que eu ouvi?

– Foi – disse o jovem.

– Foi! exclamou o príncipe. – E como você chegou a saber que havia um alçapão por aqui?

– Um raio de luar iluminou uma placa de metal – respondeu ele.

– Mas o que lhe disse que aquilo era uma fechadura? – indagou Manfredo. – Como descobriu o segredo de sua abertura?

– A Providência Divina que me libertou do elmo também foi capaz de me conduzir até a mola da fechadura – respondeu.

– A Providência deveria ter ido um pouco mais longe, pondo-o fora do alcance de minha vingança – disse Manfredo. – Quando a Providência o ensinou a abrir a fechadura, não se deu conta do tolo que é, que não sabe fazer uso de seus favores. Por que não seguiu o caminho que apontava sua saída? Por que fechou a porta do alçapão antes de descer os degraus?

– Também poderia perguntar-lhe, meu senhor – disse o campônio, – como é que eu, desconhecendo por completo esse seu castelo, iria saber que tais degraus conduziam a alguma saída? Mas não vou fugir às suas perguntas. Aonde quer que esses degraus conduzam, talvez eu devesse tê-los explorado – pois não poderia encontrar-me em situação pior do que aquela em que já estava. Mas a verdade é que deixei a porta do alçapão cair e o que se seguiu foi sua chegada imediata. Eu tinha dado o alarme – que me importava ser agarrado um minuto antes ou um minuto depois?

– É verdadeiramente um bandido para os anos que tem – disse Manfredo. – Entretanto, refletindo bem, desconfio que está a brincar comigo: ainda não me contou como conseguiu abrir a fechadura.

– Isso é o que vou lhe mostar, meu senhor – disse o jovem camponês.

E tomando um pequeno pedaço de pedra que havia caído de cima, debruçou-se sobre o alçapão e começou a bater na peça de metal que a cobria; tentava ganhar tempo para a fuga da princesa. Tal presença de espírito, acrescida à sinceridade da juventude, surpreendeu Manfredo. Este até sentiu certa disposição em perdoar quem não era culpado de crime algum. Manfredo não era um desses tiranos bárbaros que se afundam na crueldade sem qualquer provocação. As circunstâncias de seu destino haviam contribuído para dar uma aspereza a seu caráter, o qual era, por sua natureza, bastante humano; e suas virtudes estavam sempre prontas a aparecer, quando as paixões não lhe obscureciam a razão.

Enquanto o príncipe estava envolto nesses pensamentos, um confuso rumor de vozes ecoou através dos longínquos salões. À medida que o som se aproximava, distinguiu claramente o clamor de alguns de seus criados, que se haviam espalhado pelo castelo à procura de Isabela, chamando:

– Onde está o meu senhor? Onde está o príncipe?

– Estou aqui – respondeu Manfredo, quando esses se aproximaram ainda mais. – Encontraram a princesa?

O primeiro a chegar respondeu:

– Oh, meu senhor! Estou feliz por tê-lo encontrado.

– Encontrado a mim? – disse Manfredo. – Vocês encontraram a princesa?

– Acreditamos que a tínhamos encontrado, meu senhor – disse o tal criado, parecendo aterrado, – mas...

– Mas o quê? – gritou o príncipe. – Ela escapou?

– Jaquez e eu, meu senhor...

– Sim, eu e Diego – interrompeu o segundo, que se pôs em auxílio, ainda mais consternado.

– Fale um de cada vez – disse Manfredo. – Pergunto-lhes onde está a princesa?

– Nós não sabemos – responderam ambos ao mesmo tempo; – mas estamos terrivelmente assustados.

– É o que estou vendo, imbecis – clamou Manfredo. – Que é que lhes deu tanto medo?

– Oh, meu senhor! – disse Jaquez. – Diego viu tamanha coisa! Sua alteza não acreditaria em seus olhos!

– Que grande absurdo é esse? – gritou Manfredo. – Deem-me uma resposta direta ou por Deus...

– Sim, meu senhor, se apraz à sua alteza ouvir-me – disse o pobre servo. – Diego e eu...

– Sim, Jaquez e eu – gritou seu companheiro.

– Já não os proibi de falarem ambos ao mesmo tempo? – exclamou o príncipe. – Você, Jaquez, responda, que o outro insano parece ainda mais fora de si do que você, o que acontece?

– Meu gracioso senhor – disse Jaquez, – se apraz à sua alteza ouvir-me; Diego e eu, de acordo com as ordens de sua alteza, saímos à procura da jovem princesa, mas sendo possível que encontrássemos o fantasma do meu jovem senhor, o filho de sua alteza, que descanse em paz, já que não recebeu um enterro cristão...

– Idiota! – gritou Manfredo enraivecido. – Foi então apenas um fantasma o que viram?

– Oh, pior! Pior! meu senhor! – gritou Diego. Antes eu tivesse visto dez fantasmas.

– Santa paciência! – disse Manfredo. – Esses imbecis me atrapalham... Fora daqui, Diego! E você, Jaquez, responda-me numa palavra, você bebeu? Está delirando? Você costumava ser um homem de juízo; será que o outro imbecil conseguiu apavorar-se a si mesmo e a você também? Fale. O que ele imagina ter visto?

– Sim, meu senhor – retrucou Jaquez tremendo, – eu ia contar a sua alteza que, desde a calamitosa desgraça de meu jovem senhor, Deus tenha pena de sua alma!, nenhum de nós, leais servos de sua alteza, o que de fato somos, meu senhor, apesar de pobres homens; como estou dizendo, nenhum de nós ousou dar um passo no castelo, senão acompanhado por outro: assim Diego e eu, pensando que a nossa jovem princesa pudesse estar na grande galeria, fomos até lá para procurá-la e dizer-lhe que sua alteza tinha algo a transmitir-lhe.

– Oh bando de malucos! – gritou Manfredo. – E nesse meio tempo ela escapou porque vocês têm medo de diabinhos! Idiotas! Ela me deixou na galeria, eu mesmo vim de lá...

– Ela ainda deve estar por lá, por tudo que sei – disse Jaquez; – mas que o diabo me leve antes de eu ir procurá-la lá de novo!... Pobre Diego! Acho que nunca vai se recuperar!

– Recuperar do quê? – disse Manfredo. – Será que nunca saberei o que é que aterrorizou esses dois paspalhos? Estou perdendo meu tempo; siga-me, escravo! Irei ver se ainda está na galeria.

– Pelo amor de Deus, meu bom senhor – gritou Jaquez, – não vá até a galeria! Creio que é Satã em pessoa que está no grande aposento lateral.

Manfredo, que até então havia tratado o terror de seus criados como um pânico sem razão, ficou pasmo ante a nova circunstância. Recordou a aparição do retrato e a porta que se fechou repentinamente no fundo da galeria... Sua voz titubeou e perguntou um tanto desorientado:

– O que é que há no grande aposento?

– Meu senhor – disse Jaquez. – quando Diego e eu entramos na galeria, ele entrou à frente, pois disse que tinha mais coragem do que eu. Assim, quando entramos na galeria, não encontramos ninguém. Olhamos debaixo de todos os bancos e cadeiras; e ainda assim não encontramos ninguém.

– Os quadros estavam todos em seus lugares? – perguntou Manfredo.

– Sim, meu senhor – respondeu Jaquez; – mas não tivemos a ideia de olhar atrás deles.

– Bem! bem! – disse Manfredo, – prossiga.

– Quando alcançamos a porta do grande quarto – continuou Jaquez, – ela estava fechada.

– E não conseguiram abri-la? – interrompeu Manfredo.

– Oh! sim, meu senhor, houvera Deus que não o tivéssemos! – replicou ele. – Não, não fui eu, foi Diego: ele estava obcecado e avançou, embora eu o alertasse para parar. Nunca mais hei de abrir uma porta que está fechada...

– Não brinque – disse Manfredo estremecendo, – mas me diga, o que viram no aposento grande ao abrir a porta?

– Eu! Meu senhor! – disse Jaquez, – eu não vi nada; eu estava atrás de Diego; mas ouvi o barulho.

– Jaquez – disse Manfredo num tom de voz solene, – diga-me. obrigo-o por todas as almas de meus antepassados, o que é que você viu? o que é que você ouviu?

– Foi Diego que viu, senhor, não fui eu – replicou Jaquez. – Eu só ouvi o barulho. Assim que Diego abriu a porta, gritou e virou-se correndo. Também corri e perguntei “é o fantasma?” “O fantasma! Não, não” disse Diego, o seu cabelo todo em pé, “é um gigante, acho; está todo de armadura, pois vi o seu pé e parte da perna e eles são tão grandes quanto o elmo lá no pátio”. Quando ele proferiu essas palavras, meu senhor, ouvimos um violento chacoalhar da armadura, como se o gigante estivesse se levantando; pois Diego depois contou-me que ele acha que o gigante estava deitado, pois o pé e a perna estavam estirados no chão. Antes que pudéssemos chegar ao fim da galeria, ouvimos a porta do aposento cerrar-se às nossas costas, mas não ousamos nos voltar para ver se o gigante estava nos seguindo. Mas agora, pensando nisso, creio que o teríamos ouvido se ele estivesse nos seguindo... Mas pelo amor de Deus, meu bom senhor, chame o capelão e mande-o exorcizar o castelo, pois, com certeza, com toda certeza, ele está enfeitiçado.

– Ah, faça isso, meu senhor – gritaram todos os criados de uma só vez, – ou deixaremos o serviço de sua alteza.

– Calma, estúpidos! – disse Manfredo, – e sigam-me. Quero saber o que tudo isso significa.

– Nós? Meu senhor – gritaram todos numa só voz. – Não subiremos à galeria nem por toda a fortuna do mundo.

O jovem camponês, que até então estivera calado, falou:

– Permita, sua alteza, que eu tente tal aventura. Minha vida não é importante para ninguém: e não temo os anjos maus, nem ofendi nenhum anjo bom.

– Sua atitude é mais nobre do que sua aparência – disse Manfredo, fitando-o com surpresa e admiração. – Mais tarde recompensarei a sua coragem, mas agora... – soltou um suspiro – em tais circunstâncias, confio apenas nos meus olhos. No entanto, permito que me acompanhe.

Manfredo, assim que saíra da galeria em busca de Isabela, havia se dirigido diretamente para os aposentos de sua esposa, julgando que a princesa tivesse procurado refúgio lá. Hipólita, reconhecendo os seus passos, ergueu-se com uma ternura ansiosa para encontrar o seu senhor, que ela não vira desde a morte de seu filho. Ela teria se lançado em seu peito, num misto de dor e alegria, porém ele a afastou rudemente, dizendo:

– Onde está Isabela?

– Isabela, meu senhor? – exclamou Hipólita perplexa.

– Sim, Isabela – gritou Manfredo imperiosamente, – traga-me Isabela.

– Meu senhor – apressou-se em dizer Matilda, que notara o quanto o comportamento de Manfredo havia chocado a sua mãe, – ela não esteve mais conosco desde que sua alteza chamou-a até os seus aposentos.

– Diga-me onde ela está – insistiu o príncipe. – Não quero saber onde ela esteve.

– Meu bom senhor – disse Hipólita, – sua filha está dizendo a verdade: Isabela deixou-nos para atender às suas ordens e não voltou desde então. Mas, meu senhor, acalme-se, retire-se para descansar. Este dia sombrio já o perturbou demasiado. Isabela estará à sua disposição pela manhã.

– O quê? Quer dizer então que sabem onde ela está? – gritou Manfredo. – Digam-me imediatamente, pois não posso perder um instante. E você, mulher – disse, dirigindo-se à sua esposa, – diga ao seu capelão para vir ao meu encontro imediatamente.

– Isabela – retomou Hipólita calmamente – deve ter se retirado, imagino, para os seus aposentos: ela não está acostumada a velar até estas horas. Bondoso senhor – continuou ela, – faça-me saber o que é que tanto o perturba: será que Isabela o ofendeu?

– Não me encham com perguntas – disse Manfredo, – mas me digam onde ela está.

– Matilda irá chamá-la – disse a princesa, – agora sente-se, meu senhor, e recupere as suas forças.

– O quê? – replicou ele. – Será que você está com ciúmes de Isabela e quer estar presente ao nosso encontro?

– Pelos céus! meu senhor – disse Hipólita, – que é que sua alteza quer dizer?

– Já vai descobrir dentro em pouco – disse o príncipe cruel. – Mande o seu capelão à minha presença e espere por mim aqui.

Com tais palavras precipitou-se para fora da sala à procura de Isabela, deixando as duas mulheres estupefatas com as suas palavras e o seu comportamento frenético e perdidas em vãs conjecturas quanto às suas mais profundas intenções.

Manfredo agora estava voltando da cripta, acompanhado do camponês e de alguns de seus criados que ele havia intimado a segui-lo. Subiu a escada sem parar até alcançar a galeria, em cuja porta encontrou Hipólita e seu capelão. Logo ao ter sido dispensado por Manfredo, Diego fora diretamente para os aposentos da princesa com a notícia do que havia presenciado. Aquela excelente senhora, que tanto quanto Manfredo não duvidava da realidade daquela visão, ainda assim afetava tratá-la como se tudo fosse um delírio do seu criado. Desejosa, no entanto, de evitar ao seu esposo um outro choque, e preparada por uma série de pesares a não tremer diante de novos agravos, estava determinada a sacrificar-se a si mesma em primeiro lugar, se acaso a sorte tivesse escolhido aquela hora para a destruição de todos. Ordenando à relutante Matilda que se recolhesse para descansar, a qual em vão implorou permissão para acompanhar a sua mãe, e esperando somente por seu capelão, Hipólita tinha percorrido a galeria e o grande aposento e agora, com mais serenidade na alma do que havia experimentado em várias horas, encontrou o seu senhor e assegurou-o de que a visão da gigantesca perna e pé não passava de uma fábula; sem dúvida uma impressão causada pelo medo e a escuridão e a sombria hora noturna, nas mentes de seus criados. Ela e o capelão tinham examinado o quarto e encontrado todas as coisas em seu lugar.

Manfredo, embora convencido, como sua esposa, de que a visão não havia sido obra da fantasia, recobrou-se um pouco da tempestade mental em que tantos e tão estranhos acontecimentos o haviam atirado. Envergonhado também do tratamento inumano que concedera à princesa, que lhe devolvia cada injúria com novos movimentos de ternura e sentimento de dever, sentiu em seus próprios olhos a força do amor que retornava... Mas não menos envergonhado de sentir remorso por alguém, contra a qual ele estava interiormente maturando um ultraje ainda mais grave, dobrou os impulsos do seu coração e não se permitiu nem mesmo um pouco de piedade.

O próximo passo da sua alma foi em direção à mais pura vilania. Ciente da certa submissão de Hipólita, gabava-se de que ela iria não só aquiescer pacientemente quanto ao divórcio, como obedecer, se fosse do seu agrado, para tentar persuadir Isabela a confiar-lhe sua mão... Mas antes que pudesse prosseguir nessa hórrida esperança, lembrou-se de que Isabela ainda não tinha sido encontrada. Voltando a si, deu ordens para que cada ala do castelo fosse severamente vigiada e condenou os seus criados a pagarem com a própria vida caso deixassem alguém escapar. Ao jovem camponês, com o qual agora falava mais amigavelmente, ordenou que permanecesse num pequeno quarto junto da escada, em que havia uma cama de pajem, e do qual o próprio príncipe levou a chave, dizendo ao rapaz que viria conversar com ele pela manhã. Então, dispensando os criados e fazendo uma soturna reverência a Hipólita, retirou-se para os seus próprios aposentos.

CAPÍTULO II

Matilda, que, seguindo as ordens de Hipólita, havia se retirado para o seu quarto, não sentia disposição alguma para descansar. O destino terrível do seu irmão a afetara profundamente. Estava surpresa por não ver Isabela, mas as estranhas palavras que seu pai deixara escapar e a obscura ameaça à princesa, sua mãe, acompanhada daquele comportamento extremamente furioso, haviam enchido sua doce mente com terror e aflição. Esperou ansiosamente pelo retorno de Bianca, uma jovem dama de companhia que lhe prestava serviços, e que havia mandado saber o que se passara com Isabela.

Bianca logo reapareceu e informou a sua senhora do que havia apreendido com os servos: Isabela não era encontrada em parte alguma. Relatou a aventura do jovem camponês, que fora descoberto na cripta, com as inúmeras adições simplórias dos relatos incoerentes dos servos; e enfatizou, sobretudo, a gigantesca perna e o pé que haviam sido vistos no grande aposento da galeria. Essa última circunstância havia aterrorizado Bianca de tal modo que ficou contente quando Matilda lhe disse que não iria descansar, mas velar até que a princesa-mãe acordasse.

A jovem princesa exauriu-se em conjecturas acerca da fuga de Isabela e das ameaças que Manfredo lançara à sua mãe.

– Mas que assunto tão urgente teria ele a tratar com o capelão? – disse Matilda. – Será que pretende enterrar o corpo do meu irmão secretamente na capela?

– Oh, senhora – disse Bianca, – já adivinhei. Como você se tornou a sua herdeira, ele está impaciente em casá-la logo: sempre foi louco para ter mais filhos, garanto que agora ele está louco para ter netos. Tão certo quanto o fato de eu estar viva, senhora, fmalmente irei vê-la desposar-se. Por favor, a senhora não irá dispensar a sua fiel Bianca; não vai pôr dona Rosaura me vigiando, agora que será uma grande princesa?

– Minha pobre Bianca – disse Matilda, – quão rápido os seus pensamentos voam! Eu, uma grande princesa! Que é que você viu no comportamento de Manfredo, desde a morte de meu irmão, que indique alguma maior ternura por mim? Não, Bianca, seu coração sempre foi um estranho para mim... porém ele é meu pai e não devo queixar-me. Não, se o céu não abriu o coração do meu pai para mim, ele mais recompensa o meu pouco mérito com o amor de minha mãe por mim. Oh, minha querida mãe! Sim, Bianca, é em relação a ela que me incomoda o mau humor de Manfredo. Posso suportar suas asperezas para comigo, pacientemente, mas fere a minha alma quando assisto ao seu rancor infundado para com ela.

– Oh, senhora – disse Bianca, – todos os homens tratam as suas esposas assim, quando estão cansados delas.

– E, no entanto, você me congratulou ainda agora – disse Matilda, – quando imaginou que meu pai desejava casar-me.

– Gostaria de vê-la tornar-se uma grande senhora – replicou Bianca, – não importa o que aconteça. Não quero vê-la mofando num convento, onde já estaria, se tivesse seguido a sua vontade e se a minha senhora, sua mãe, que sabe que um mau marido é melhor que marido algum, não a tivesse impedido... Deus do céu! Que barulho é este? São Nicolau, protegei-me! Não estou falando por mal.

– É o vento – disse Matilda – soprando entre as ameias da torre lá em cima: você já o ouviu milhares de vezes.

– Não – disse Bianca, – também não há maldade alguma no que falei: não é pecado falar em matrimônio... E assim, minha senhora, como estava dizendo, se o senhor Manfredo lhe oferecesse um jovem e belo príncipe como noivo, iria você dispensá-lo e diria que preferiria entrar para o convento.

– Graças a Deus, não corro tal perigo! – disse Matilda. – Você sabe quantas propostas para mim ele já recusou.

– E você ainda o agradece, como a um pai que cumpre o seu dever, não é, senhora?... Pense bem, imagine que amanhã de manhã ele a chame à grande sala do conselho e lá você o encontre com um príncipe adorável ao seu lado, de grandes olhos negros, uma bela testa branca e o cabelo caindo em cachos; em resumo, senhora, um jovem herói semelhante ao retrato de Afonso na galeria, diante do qual a senhora fica sentada, admirando-o horas a fio.

– Não fale tão levianamente de tal quadro – interrompeu Matilda suspirando – sei que a adoração com a qual olho aquele retrato não é comum... Mas não estou apaixonada por um painel colorido. O caráter daquele príncipe virtuoso, a veneração da qual minha mãe me imbuiu em relação à sua memória, as orações que, não sei por que razão, ela insiste para que eu reze diante do seu túmulo, tudo isso concorreu para me convencer de que, de um modo ou de outro, meu destino está ligado a algo que se relaciona com ele.

– Deus! como pode ser assim? – indagou Bianca. – Sempre ouvi que a sua família não tinha nenhum parentesco com a dele. E certamente não consigo entender por que minha senhora, a princesa, a envia numa manhã fria ou numa noite úmida para orar diante do seu túmulo. Conforme o almanaque, ele não é santo. Se você deve rezar, por que ela não diz para você rezar para o nosso grande São Nicolau? É para ele que rezo pedindo um marido.

– Talvez eu entendesse tudo mais claramente se minha mãe me explicasse as suas razões – disse Matilda. – Mas é o mistério que ela mantém que me inspira assim... Não sei que nome dar a isso. Como ela nunca age por capricho, tenho certeza de que há algum segredo fatal em tudo isso. Ah, eu até sei: em sua agonia pela morte de meu irmão, ela deixou escapar algumas palavras que davam a entender algo assim.

– Oh, cara senhora – disse Bianca, – o que ela disse?

– Não – disse Matilda. – Se um pai deixa escapar uma palavra e quer que ela se perca, não cabe a um filho repeti-la.

– O quê? Arrependeu-se do que disse? – perguntou Bianca. – Tenho certeza, senhora, de que pode confiar em mim.

– Meus próprios insignificantes segredos, sim, eu posso, quando tiver algum – replicou Matilda; – mas nunca os de minha mãe. Um filho só deve ter olhos e ouvidos para o que os seus pais desejam.

– Bem! com toda certeza a senhora nasceu para santa – disse Bianca, – e não há como resistir à própria vocação: a senhora ainda vai acabar num convento. Mas nesse ponto, minha senhora, Isabela não seria tão reservada comigo: ela permite que conversemos sobre rapazes; e quando um belo cavaleiro veio ao castelo, confessou-me que desejaria que seu irmão Conrado fosse parecido com ele.

– Bianca! – disse a princesa, – não permito que mencione minha amiga desrespeitosamente. Isabela tem o temperamento alegre, mas sua alma é pura como a virtude em pessoa. Ela conhece o seu jeito fútil e falastrão e talvez até tenha, uma vez ou outra, a encorajado, para afastar a tristeza e animar a solidão em que meu pai nos mantém encerradas.

– Santa Maria! – disse Bianca, dando um pulo, – está aí de novo! Boa senhora, não está ouvindo nada? Com certeza este castelo está assombrado!

– Calma! – disse Matilda – e ouça! Penso ter ouvido uma voz... mas deve ser a imaginação; seus temores devem ter me contagiado.

– É verdade! é verdade! senhora – disse Bianca, quase chorando de desespero, – tenho certeza de que ouvi uma voz.

– Há alguém dormindo no quarto lá debaixo? – disse a princesa.

– Ninguém ousou deitar-se lá – respondeu Bianca, – desde que o grande astrólogo que foi o tutor do seu irmão se afogou. Com certeza, senhora, o seu fantasma e o do jovem príncipe agora estão se encontrando no quarto de baixo. Pelo amor de Deus, vamos correr para os aposentos da sua mãe!

– Ordeno-lhe que não dê um passo – disse Matilda. – Se forem espíritos atormentados, podemos aliviar os seus sofrimentos conversando com eles. Não nos podem causar mal algum, pois não os ofendemos... e se quisessem, será que estaríamos mais seguras num quarto do que noutro? Passe-me o meu terço; faremos uma oração e então iremos falar com eles.

– Oh, cara senhora, eu não falaria com um fantasma por nada neste mundo – exclamou Bianca.

Mal acabara de dizer essas palavras, ouviram abrir-se a janela do pequeno quarto logo abaixo do de Matilda. Escutaram com toda a atenção e em poucos minutos pensaram estar ouvindo uma pessoa cantando, mas sem conseguir distinguir as palavras.

– Esse não é nenhum espírito maligno – disse a princesa em voz baixa, – é, sem dúvida, alguém da família. Abra a janela e descobriremos de quem é a voz.

– Não ouso, senhora – disse Bianca.

– Você é mesmo uma grande tola – disse Matilda, abrindo a janela com cuidado.

No entanto, o barulho provocado pela princesa foi ouvido pela pessoa que estava embaixo, que parou, e, conforme as duas concluíram, percebeu que a janela tinha sido aberta.

– Há alguém aí embaixo? – indagou a princesa. – Se houver, fale.

– Sim – disse uma voz desconhecida.

– Quem é? – tornou Matilda.

– Um desconhecido – devolveu a voz.

– Que desconhecido? – disse ela. – E como foi que chegou até aí numa hora dessas, quando todas as entradas do castelo estão trancadas?

– Não estou aqui por minha vontade – respondeu a voz, – mas perdoe-me, senhora, se perturbei seu descanso: não sabia que havia alguém a escutar-me. Como o sono me abandonou, deixei o leito e vim à janela passar estas tristes horas esperando o dia amanhecer, cheio de impaciência para poder abandonar logo este castelo.

– Suas palavras e sua voz – disse Matilda – traem alguma melancolia. Se está infeliz, tenho piedade de você. Se a pobreza o aflige, deixe-me sabê-lo; irei contá-lo à princesa, cuja alma nunca deixa de comover-se pelos aflitos e ela o ajudará.

– Estou mesmo infeliz – disse o estranho – e não sei o que é a fartura. Mas não me lamento da sorte que o céu escolheu para mim: sou jovem e sadio e não tenho vergonha de sustentar-me a mim mesmo. No entanto, não pense que sou orgulhoso e que desdenho a sua generosa oferta. Eu me lembrarei de você em minhas orações e rezarei por bênçãos para a sua graciosa pessoa e nobre senhora, .. se suspiro, senhora, é pelos outros, não por mim.

– Já sei, senhora – disse Bianca, sussurrando no ouvido da princesa. – Esse é aquele jovem camponês e com toda certeza ele está apaixonado! Bem, é uma bela aventura! Vamos, senhora, vamos cutucá-lo! Ele não a conhece, pensa que a senhora é uma das damas de companhia da princesa Hipólita.

– Você não tem vergonha, Bianca? – disse a princesa. – Que direito temos nós de espionar os segredos do coração desse rapaz? Ele parece sincero e virtuoso e nos revelou que está infeliz: será que tais circunstâncias nos autorizam a agir como se ele fosse o nosso brinquedo? Será que temos o direito de abusar da sua confiança?

– Deus! Quão pouco a senhora sabe do amor! – replicou Bianca, – os apaixonados não sentem prazer maior do que em falar a respeito de suas amadas.

– E você quer que *eu* me torne a confidente de um camponês?– disse a princesa.

– Bem, então, deixe-me falar com ele – disse Bianca, – embora eu tenha o privilégio de ser a dama de honra de sua alteza, nem sempre ocupei cargos tão elevados; além disso, se o amor iguala todos os níveis, ele os eleva também: tenho um profundo respeito por qualquer rapaz apaixonado.

– Calma, sua tolinha! – exclamou a princesa. Embora ele tenha dito que está infeliz, daí não se depreende que esteja apaixonado. Pense em tudo o que aconteceu hoje e me diga se não existem outras desgraças além das que o amor provoca.

Voltando-se para o desconhecido, ela continuou:

– Estranho, se os seus infortúnios não foram causados por sua própria ação e se estiver ao alcance da princesa Hipólita minorá-los, dou-lhe minha palavra que ela se tornará sua protetora. Quando puder sair deste castelo, dirija-se ao bom padre Jerônimo no convento contíguo à Igreja de São Nicolau e conte-lhe a sua história, o mais exato que puder: ele não tardará em avisar a princesa, que age como uma mãe para todos aqueles que precisam da sua proteção. Adeus: não é apropriado para mim manter uma conversa com um homem a esta hora.

– Que os santos a protejam, boa senhora! – retornou o camponês. – Mas, oh, se um pobre e insignificante estranho puder implorar-lhe um minuto a mais da sua atenção, terei essa felicidade? A janela ainda não está fechada poderia perguntar-lhe...

– Fale rápido! – disse Matilda, – a madrugada está chegando. Não quero que os homens que vão para os campos nos percebam. Que queria perguntar?

– Não sei como... Não sei se ouso – disse o jovem desconhecido, hesitando, – mas a bondade com a qual há pouco me falou dá-me coragem. Senhora! posso confiar em sua pessoa?

– Céus! – disse Matilda – que você quer dizer? Que iria confiar a mim? Fale abertamente, se tal segredo pode ser confiado a uma alma virtuosa.

– Queria perguntar-lhe – disse o camponês, recompondo-se – se o que ouvi dos criados é verdade, que a princesa Isabela sumiu do castelo?

– Que lhe importa saber? – replicou Matilda. Suas primeiras palavras revelavam uma cuidadosa e digna gravidade. Agora quer bisbilhotar os assuntos secretos de Manfredo? Adeus. Cometi um erro ao confiar em você.

Dizendo tais palavras, fechou a janela rapidamente, sem dar ao jovem tempo para responder.

– Eu teria agido com mais sabedoria – disse a princesa para Bianca, com alguma rispidez, – se tivesse deixado você conversar com esse camponês: a curiosidade dele se parece muito com a sua.

– Não me é apropriado discordar de sua alteza disse Bianca, – mas talvez as perguntas que eu lhe fizesse nos teriam trazido mais proveito do que as que a senhora lhe fez.

– Oh, sem dúvida – disse Matilda, – você é uma pessoa muito discreta! E posso saber que perguntas lhe faria?

– Um espectador muitas vezes vê o jogo melhor do que aqueles que o estão jogando – respondeu Bianca. – Será que sua alteza acredita que tal interesse por Isabela é resultado de mera curiosidade? Não, não, senhora; há mais coisa aí do que seus elevados parentes estão percebendo. Lopez me disse que todos os criados acreditam que esse jovem camarada planejou a fuga da senhora Isabela... Agora, por favor, senhora, considere... Você e eu sabemos que a senhora Isabela nunca teve grande afeto pelo príncipe, seu irmão. Ora! Ele é assassinado bem no momento crítico... não estou acusando ninguém. Um elmo despenca lá da lua – assim diz o senhor seu pai, – mas Lopez e todos os outros dizem que este rapazola é um mago e o roubou do túmulo de Afonso.

– Acabe logo com esta maluquice impertinente – disse Matilda.

– Sim, senhora, como quiser – exclamou Bianca, – no entanto, é muito esquisito que a senhora Isabela tenha desaparecido no mesmo dia e que esse jovem feiticeiro tenha sido encontrado perto do alçapão... Não estou acusando ninguém, mas se o meu jovem senhor teve morte honesta...

– Não ouse em sã consciência – proclamou Matilda – lançar qualquer suspeita acerca da pureza da minha querida Isabela.

– Com pureza ou sem pureza – disse Bianca, – desaparecida ela está. Um estranho é descoberto, do qual nunca ninguém ouviu falar. Quando questionado, diz que está apaixonado, ou infeliz, o que é a mesma coisa – não, ele confessou que estava infeliz por outros; e quando é que alguém se sente infeliz por um outro a não ser quando está apaixonado? E logo depois ele pergunta, inocentemente, oh pobre alma!, se a senhora Isabela fugiu.

– Certamente – disse Matilda – suas considerações não são inteiramente sem fundamento. O sumiço de Isabela intriga-me; a curiosidade deste estranho é mesmo esquisita, no entanto, Isabela nunca escondeu um só pensamento de mim.

– Assim ela lhe disse – afirmou Bianca – para extrair seus próprios segredos; mas quem sabe, senhora, esse estranho pode ser um príncipe disfarçado? Deixe-me abrir a janela, senhora, e fazer-lhe umas poucas perguntas.

– Não – retrucou Matilda, – eu mesma perguntarei se ele sabe algo de Isabela: ele não é digno para que eu estenda a conversa além disso.

Mas quando ia abrir a janela, ambas as mulheres ouviram tocar o sino na entrada posterior do castelo, na ala direita da torre, onde Matilda se recolhia. Isso impediu que a princesa reatasse a conversa com o estranho.

Depois de permanecer em silêncio por algum tempo, a princesa voltou-se para Bianca:

– Estou convencida de que qualquer que tenha sido a causa da fuga de Isabela, não foi por um motivo insignificante. Se esse desconhecido a ajudou nisso, ela deve estar-lhe reconhecida por sua lealdade e valor. Notei, você não, Bianca?, que suas palavras tinham um tom de profunda e incomum compaixão. Não era a fala de um rufião: suas frases eram dignas de um homem bem-nascido.

– Quanto a isso, senhora – retrucou ela, – se ele conseguiu escapar de sob o elmo, encontrará maneiras de escapar também da ira do senhor seu pai. Não duvido que ele tenha um talismã ou algo assim em seu poder.

– Para você tudo se resolve com magia – disse Matilda, – mas um homem que mantém contato com os espíritos infernais não ousa empregar aquelas temerárias e sagradas palavras que pronunciou. Você não reparou com que fervor jurou recordar-se de mim em suas orações? Sim, Isabela, sem dúvida, acreditou em sua piedade.

– Não me recomende demasiado à piedade de um rapazola e de uma donzela que consentiu em escapar! – exclamou Bianca. – Não, não, senhora, a princesa Isabela é de feitio muito diverso do que a senhora imagina. Ela, de fato, costumava suspirar e levantar os olhos para o céu quando estava em sua companhia, porque sabia que a senhora é uma santa, mas quando estava de costas...

– Você a está julgando mal! – disse Matilda. – Isabela não é nenhuma hipócrita; ela tem senso de devoção; simplesmente nunca afeta uma vocação que não sinta. Ao contrário, sempre combateu minha inclinação para o claustro e, embora eu admita que me fazer mistério de sua fuga confunde-me, embora isso pareça estranho à amizade que nos une, não posso esquecer o ardor desinteressado com que ela se opunha ao meu desejo de tomar o véu. Queria ver-me casada, mesmo sabendo que o meu dote seria uma perda para os filhos dela e do meu irmão. Pelo bem dela, pensarei o melhor desse jovem camponês.

– Então a senhora acha que pode haver alguma afeição entre eles? – disse Bianca.

Enquanto falava, um criado entrou apressadamente no quarto e contou à princesa que a senhora Isabela fora encontrada.

– Onde? – perguntou Matilda.

– Ela tomou abrigo no santuário da Igreja de São Nicolau – respondeu o criado. – O padre Jerônimo trouxe pessoalmente a notícia; ele está lá embaixo com sua alteza.

– Onde está minha mãe? – tornou Matilda.

– Está nos seus aposentos e pediu a sua presença, senhora.

Manfredo havia se levantado com o primeiro raio do amanhecer e fora até o quarto de Hipólita perguntar-lhe sobre o paradeiro de Isabela. Enquanto ele a interrogava, trouxeram-lhe a mensagem de que Jerônimo desejava falar-lhe. Manfredo, sem suspeitar a razão da visita do padre e sabendo que ele era o encarregado de Hipólita por suas obras de caridade, ordenou que fosse admitido, pretendia deixar os dois a sós, enquanto continuava sua busca por Isabela.

– Seu assunto é comigo ou com a princesa? – indagou Manfredo.

– Com ambos – replicou o santo homem. – A princesa Isabela...

– Onde está ela? – interrompeu Manfredo avidamente.

– ... está no claustro de São Nicolau – continuou Jerônimo.

– Esse não é assunto para Hipólita – disse Manfredo um tanto confuso, – retiremo-nos para o meu quarto, padre, e me informe sobre como ela chegou até lá.

– Não, meu senhor – respondeu o bom homem, com um ar de firmeza e tamanha autoridade que fizeram recuar até mesmo o resoluto Manfredo, que não podia deixar de admirar as santas virtudes de Jerônimo. – Meu assunto é com ambos; e, com a benevolência de sua alteza, na presença de ambos hei de tratá-lo. Mas antes, devo indagar à princesa se ela está a par das razões que levaram a senhora Isabela a se ausentar deste castelo.

– Não, por minha alma – disse Hipólita. – Será que Isabela me acusa de alguma coisa?

– Padre – interrompeu Manfredo, – tenho o devido respeito para com a sua sagrada profissão; mas eu sou o soberano aqui e não permitirei que padre algum interfira nos assuntos de minha casa. Se tem algo a dizer, espere por mim nos meus aposentos. Eu não costumo permitir que minha esposa tome conhecimento dos assuntos secretos do meu estado; eles estão fora da jurisdição de uma mulher.

– Meu senhor – disse o santo homem, – não sou nenhum intruso nos segredos das famílias. Minha missão é promover a paz, curar as feridas, pregar o arrependimento e ensinar a humanidade a dobrar suas paixões mais obstinadas. Perdoo as palavras pouco amigáveis de sua alteza: conheço meu dever e sou o ministro de um príncipe mais poderoso do que Manfredo. Dê ouvidos àquele que fala por minha boca.

Manfredo estremeceu de raiva e vergonha. O semblante de Hipólita demonstrava seu espanto e uma impaciência em saber aonde isso iria conduzir. Seu silêncio revelava bem seu respeito por Manfredo.

– A senhora Isabela – prosseguiu Jerônimo, – recomenda-se muito a suas altezas; agradece tanto pela hospitalidade com que foi tratada neste castelo e lamenta a morte do seu filho e sua própria infelicidade em não se tornar filha de tão nobres e sábios príncipes, os quais ela sempre respeitará como se fossem seus *próprios pais*: ela reza ao céu pela contínua união e felicidade de ambos.

A esta altura Manfredo corou.

– Mas não lhe sendo possível continuar em sua companhia, ela pede o consentimento de ambos para permanecer no santuário até que tenha alguma notícia do paradeiro de seu pai; ou, pela confirmação de sua morte, considere-se livre, com a aprovação de seus tutores, para contratar novo casamento.

– Não darei tal consentimento – exclamou Manfredo, – mas insisto em que ela retorne ao castelo sem demora: eu sou responsável por sua pessoa perante os seus tutores, e não permitirei que fique sob a guarda de mais ninguém além da minha.

– Sua alteza deve ponderar se, nas atuais circunstâncias, isso ainda pode ser considerado adequado, – replicou o padre.

– Não quero conselhos de ninguém – irrompeu Manfredo, corando. – A conduta de Isabela dá margem a estranhas suspeitas... e aquele jovem vilão, que foi, pelo menos, cúmplice da sua fuga, se é que não foi a causa...

– A causa! – interrompeu Jerônimo. – Será que foi um rapazola a causa da sua fuga?

– É intolerável! – gritou Manfredo. – Devo ser admoestado em meu próprio castelo por um monge insolente? Suponho que tem intimidade com os seus amores.

– Rogaria a Deus para banir suas rudes acusações se sua alteza já não soubesse, em sã consciência, quão injustas elas são. De fato, rogo a Deus para que perdoe tal rudeza e imploro a sua alteza que deixe a princesa em paz, naquele sagrado recinto, onde ela não está sujeita a ser perturbada pelas fantasias vãs e mundanas das palavras de amor vindas de qualquer homem.

– Não implore a mim – disse Manfredo, – volte lá e chame a princesa a seu dever.

– É meu dever impedir que ela retorne para cá – disse Jerônimo. – Ela está onde os órfãos e as virgens encontram-se a salvo das artimanhas e embustes deste mundo; e nada, a não ser a autoridade de um pai, a tirará de lá.

– Sou seu pai – gritou Manfredo – e estou dando uma ordem.

– Ela desejava tê-lo como pai – disse o padre, – mas o céu, que impediu tal relação, dissolveu para sempre todos os laços que os uniam. Anuncio para sua alteza...

– Pare! Homem por demais atrevido – disse Manfredo, – e fuja do alcance da minha ira.

– Santo padre – disse Hipólita, – é sua missão não temer as pessoas: deve dizer aquilo que o seu dever o obriga. Mas é meu dever não ouvir nada que o meu senhor não deseja que eu ouça. Vou recolher-me à capela e orar à Virgem abençoada para que o inspire, com seus santos conselhos, e devolva ao coração do meu bom senhor a desejada paz e ternura.

– Excelente mulher! – disse o padre. – Meu senhor, estou à sua disposição.

Manfredo, seguido pelo padre, encaminhou-se para os seus aposentos. Fechando a porta, falou:

– Percebo, padre, que Isabela o colocou a par de meus propósitos. Agora ouça minha resolução e obedeça. Razões de estado, razões das mais urgentes, de que dependem a segurança minha e do meu povo, tomam necessário que eu tenha um filho. É inútil esperar um herdeiro de Hipólita. Eu escolhi Isabela. O senhor deve trazê-la de volta e deve fazer ainda mais. Sei da influência que o senhor exerce sobre Hipólita: a consciência dela está em suas mãos. Ela é, admito, uma mulher impecável: sua alma está ancorada no céu e despreza as pequenas grandezas deste mundo. O senhor pode apartá-la daqui inteiramente. Convença-a a consentir na dissolução do nosso casamento e entrar para um convento – ela pode distribuir todo o seu dote, como quiser, e terá os meios de ser tão pródiga para com a sua ordem, tanto quanto ela ou o senhor podem desejar. Assim estará afastando as calamidades que pairam sobre as nossas cabeças e terá o mérito de salvar da destruição o Principado de Otranto. O senhor é um homem prudente e, embora o fogo do meu temperamento tenha me arrastado a proferir algumas expressões impróprias, honro suas virtudes e quero pôr em suas mãos a paz da minha vida e a preservação da minha família.

– Que a vontade de Deus seja feita! – clamou o padre. – Sou apenas seu ínfimo instrumento. Ele faz uso da minha língua para dizer-lhe, ó príncipe, desses insustentáveis desígnios. Suas injúrias à virtuosa Hipólita foram ouvidas pelo trono celestial. Por minha voz, o céu censura-o por suas adúlteras intenções de repudiá-la; por minha voz, alerta-o a não prosseguir em seu incestuoso desígnio, com sua nova filha. O firmamento, que a libertou da sua fúria, quando a sentença que tão recentemente caiu sobre sua casa devia ter-lhe inspirado outros pensamentos, continuará a protegê-la. Mesmo eu, um pobre e desprezível padre, sou capaz de protegê-la da sua violência... Eu, pecador como sou, e impiedosamente acusado por sua alteza de cúmplice de não sei que amores, desprezo as riquezas com que tentou subornar a minha honestidade. Amo a minha ordem, honro as almas devotas, respeito a caridade da sua esposa; não trairei a confiança que ela tem em mim, nem servirei à causa da religião com loucas e pecaminosas alianças... Mas, veja só, os negócios de estado dependem de sua alteza ter um filho. O céu zomba das visões míopes dos homens. Ainda ontem, qual casa era tão grande, tão próspera quanto a de Manfredo?... – Onde está o jovem Conrado agora?... Meu senhor, respeito suas lágrimas, mas não pretendo estancá-las... Deixe que corram, príncipe, o céu as levará mais em conta para a causa dos seus negócios do que um casamento que, fundado em luxúria ou política, jamais poderia prosperar. O cetro, que passou da raça de Afonso à sua, não pode ser preservado por uma união que a Igreja nunca permitirá. Se for a vontade do Altíssimo que o nome de Manfredo desapareça, resigne-se, meu senhor, aos seus decretos e esteja assim à altura de uma coroa que nunca passará... Venha, meu senhor, prefiro essa tristeza... Vamos até a princesa: ela não está a par de suas cruéis intenções, nem eu pretendia mais do que alarmá-lo. O senhor viu com que dócil paciência, com quais tremendos esforços de amor, ela ouviu, ela recusou ouvir a extensão da sua culpa. Sei que ela anseia por ampará-lo em seus braços e lhe assegurar sua imutável afeição.

– Padre – disse o príncipe, – o senhor não compreende a natureza da minha compunção. Verdadeiramente, tenho em alta conta as virtudes de Hipólita, considero-a mesmo uma santa e desejaria, fosse pela saúde da minha alma, estreitar ainda mais os laços que nos uniram... Mas, *alas*! padre, o senhor não conhece a mais amarga das minhas dores! Já faz algum tempo que tenho tido escrúpulos quanto à legalidade da nossa união: Hipólita é minha prima em quarto grau... É verdade que obtivemos uma dispensa; mas fui informado de que ela também já fora prometida a outro. É isso que pesa no meu coração: a esse estado de matrimônio ilegal, imputo a desgraça que, com a morte de Conrado, abateu-se sobre mim!... Alivie minha consciência desse fardo; dissolva o nosso casamento e complete o piedoso trabalho que as suas divinas palavras iniciaram na minha alma.

Quão profunda foi a angústia que o bom homem experimentou quando se deu conta da armadilha do astucioso príncipe! Tremeu por Hipólita, cuja ruína, ele viu, já estava desenhada; e temeu que, se Manfredo perdesse a esperança de recuperar Isabela, sua impaciência de ter um filho o dirigisse para algum outro alvo, que talvez não fosse tão imune às tentações de alguém que possuía um posto tão elevado quanto Manfredo.

Por algum tempo o santo homem permaneceu absorto em seus pensamentos. Por fim, acreditando que alguma esperança poderia advir da demora, achou que o melhor a fazer seria evitar que o príncipe desistisse inteiramente de recuperar Isabela. O padre sabia que podia contar com ela para sustentar os seus pontos de vista, por sua afeição para com Hipólita e pela aversão com que lhe narrara as intenções de Manfredo, até que as censuras da Igreja pudessem ser dirigidas contra o divórcio.

Com isso em mente, como se comovido pelos escrúpulos do príncipe, disse finalmente:

– Meu senhor, estive ponderando o que sua alteza acaba de me dizer; e se, na verdade, é a delicadeza da sua consciência o real motivo da sua repugnância por sua virtuosa esposa, longe de mim aumentar-lhe ainda mais o peso no seu coração! A Igreja é uma mãe indulgente; confesse-lhe os seus pesares: somente ela pode administrar o conforto da sua alma, seja satisfazendo sua consciência ou, ao examinar seus escrúpulos, pondo-lhe em liberdade e lhe permitindo os meios legais para dar prosseguimento à sua linhagem. Neste último caso, se a senhora Isabela vier a concordar...

Manfredo, concluindo que ou tocara profundamente o bom padre ou o sermão que este inicialmente lhe pregara fora apenas um tributo pago para salvar as aparências, ficou superexcitado com essa transformação repentina e passou a repetir as mais magníficas promessas, se ele obtivesse sucesso por intermédio do padre. O bem intencionado religioso de tudo fez para não o decepcionar, determinado que estava a contrariar as suas intenções, em vez de apoiá-las.

– Uma que agora nos entendemos um ao outro – continuou Manfredo, – espero, padre, que o senhor me satisfaça num ponto. Quem é o jovem que encontramos na cripta? Estará ele a par da fuga de Isabela? Diga-me verdadeiramente: é ele o seu amante? ou será o agente para a paixão de um outro? Muitas vezes suspeitei da indiferença de Isabela para com o meu filho: mil circunstâncias acumulam-se em minha mente para confirmar tal suspeita. Ela mesma estava tão consciente disso que, quando eu lhe falava na galeria, ela antecedeu-se às minhas suspeitas e começou a justificar-se por sua frieza para com Conrado.

O padre, que nada sabia acerca do rapaz senão o que ouvira muito rapidamente da princesa, sem saber o que se passara com ele e também sem considerar suficientemente o temperamento impetuoso de Manfredo, imaginou que seria oportuno lançar algumas sementes de ciúme em sua mente. Elas poderiam ter algum uso mais tarde, fosse predispondo o príncipe contra Isabela, se ele insistisse em tal união; fosse atraindo a sua atenção para uma falsa pista, voltando os seus pensamentos para uma intriga imaginária e evitando assim que ele se envolvesse em alguma nova perseguição.

Com essa política infeliz, ele respondeu de modo a confirmar a crença de Manfredo em alguma relação entre Isabela e o rapazola. O príncipe, cujas paixões precisavam de muito pouco combustível para arder violentamente, ficou furioso com o que o padre acabara de sugerir-lhe.

– Acabarei de vez com essa intriga – gritou. E deixou Jerônimo bruscamente, ordenando-lhe que ali permanecesse à sua espera; rumou apressadamente para o grande saguão do castelo e mandou que o camponês fosse trazido à sua presença.

– Seu grande impostor! – disse o príncipe, assim que avistou o rapaz – Onde está a sua tão proclamada verdade? Terá sido a Providência, terá sido ela, e os raios da lua que revelaram a fechadura do alçapão aos seus olhos? Diga-me, rapaz atrevido, quem é você e há quanto tempo mantém relações com a princesa Isabela – e tome cuidado para responder-me com mais certezas do que fez ontem à noite, ou outras torturas extrairão o resto de verdade que ainda há em você.

O rapaz, percebendo que a sua participação na fuga da princesa fora descoberta, e concluindo que nada mais do que dissesse poderia favorecê-la ou prejudicá-la, retorquiu:

– Não sou um impostor, senhor meu; nem mereço essa linguagem rude. Respondi a todas as perguntas que sua alteza me dirigiu ontem à noite com a mesma veracidade com que falarei agora; e isso não por medo de torturas, mas porque a minha alma odeia falsidades. Por favor, repita suas perguntas, meu senhor; estou pronto para dar-lhe todas as satisfações que puder.

– Você sabe o que eu quero saber – retornou o príncipe – e está apenas querendo ganhar tempo para escapar delas. Seja direto: quem é você? e há quanto tempo é conhecido da princesa?

– Trabalho na aldeia próxima – disse o camponês. – Meu nome é Teodoro. A princesa encontrou-me na cripta ontem à noite; até então eu nunca estivera em sua presença.

– Tanto posso acreditar nisso, como não – disse Manfredo, – mas ouvirei a sua história antes de analisar a sua veracidade. Diga-me, que razão deu-lhe a princesa para que você a ajudasse a escapar? Sua vida depende da sua resposta.

– Disse-me – retornou Teodoro – que estava à beira da destruição, e que, se não pudesse escapar do castelo, corria o risco de, em poucos minutos, ficar miserável para o resto da sua vida.

– E com base nessas afirmações levianas, no relato de uma tola menininha – disse Manfredo, – você ousou ir contra a minha vontade?

– Não temo desagradar a homem algum – disse Teodoro – quando uma mulher necessitada põe-se sob minha proteção.

Enquanto ocorria tal inquirição, Matilda seguia para os aposentos de Hipólita. No extremo superior do saguão, onde Manfredo estava sentado, havia uma galeria com painéis repletos de janelas e através das quais Matilda e Bianca deveriam passar. Ao escutar a voz do seu pai e vendo os criados todos reunidos à sua volta, ela parou para saber o que ocorria. Logo o prisioneiro atraiu a sua atenção. O modo firme e composto com o qual respondia às indagações e o cavalheirismo da sua última resposta, as primeiras palavras que ela ouviu distintamente, puseram-na num estado de ânimo a seu favor. O porte do jovem era nobre, belo e imponente, mesmo em tal situação; e o seu semblante logo atraiu completamente a sua atenção.

– Céus! Bianca – disse a princesa suavemente, – será que estou sonhando? Aquele rapaz não tem exatamente a feição do retrato de Afonso pendurado na galeria?

Ela não pôde dizer mais nada, pois a voz do seu pai veio num crescendo:

– Essa bravata – disse ele – supera todas as suas outras insolências. Agora experimentará a ira com a qual quer brincar. Agarrem-no – prosseguiu Manfredo – e amarrem-no. A primeira noticia que a princesa terá do seu protetor será a de que ele perdeu a cabeça por sua causa.

– A injustiça com que me ofende – disse Teodoro convence-me de que agi corretamente ao libertar a princesa da sua tirania. Que ela seja feliz, o que quer que aconteça comigo!

– Este é um amante! – gritou Manfredo num acesso de fúria – um camponês diante da morte jamais seria acometido por tais sentimentos. Diga-me, diga-me, seu trapaceiro, quem é você ou as lanças irão extrair-lhe este segredo a qualquer custo.

– Sua alteza já me ameaçou de morte – disse o jovem – pela verdade que contei. Se é essa toda a retribuição que devo esperar por minha sinceridade, não me sinto tentado a satisfazer mais essa vã curiosidade.

– Então não falará? – rugiu Manfredo.

– Não – retorquiu ele.

– Levem-no para o pátio – disse Manfredo; – quero ver sua cabeça cortada do corpo neste instante.

Ao ouvir tais palavras, Matilda desmaiou. Bianca estremeceu e gritou:

– Socorro! Socorro! A princesa está morta!

Manfredo surpreendeu-se com tais gritos e perguntou o que se passava. O jovem camponês, que também os ouvira, ficou aterrado e fez ansiosamente a mesma pergunta. Manfredo, porém, ordenou que o levassem rapidamente para o pátio de execução e ali o mantivessem à espera, até que ele próprio tivesse tomado conhecimento das razões dos gritos de Bianca. Quando finalmente compreendeu a situação, considerou tudo como mero ataque de pânico feminino e ordenou que Matilda fosse transportada para os seus aposentos. Em seguida, rumou para o pátio e, ordenando a um de seus guardas, obrigou que Teodoro se curvasse e se preparasse para receber o golpe fatal.

O destemido rapaz recebeu a amarga sentença com tamanha resignação que comoveu o coração de todos, exceto o de Manfredo. Ele desejava sinceramente entender o significado das palavras que ouvira relacionadas com a princesa, mas temendo exasperar ainda mais o tirano contra ela, desistiu de saber. Dignou-se unicamente a pedir um confessor para que lhe fosse permitido apaziguar-se os céus. Manfredo, que esperava saber mais da história do rapaz por meio do confessor, prontamente concedeu-lhe esse desejo. Estando convencido de que o padre Jerônimo estava agora a seu favor, ordenou que fosse chamado e procedesse à confissão.

O santo homem, que não previra a catástrofe que a sua imprudência ocasionara, caiu de joelhos diante do príncipe e lhe implorou, do modo mais solene, que não derramasse sangue inocente. Recriminou-se amargamente por sua indiscrição, tentou livrar o rapaz de toda a culpa e se esforçou por todos os meios para aplacar a ira do tirano. Manfredo, mais inflamado do que apaziguado pela intercessão de Jerônimo, cuja reação agora o levava a pensar que fora enganado por ambos, ordenou ao religioso que cumprisse com o seu dever, dizendo que não iria conceder ao prisioneiro muitos minutos para a sua confissão.

– Nem estou pedindo muitos, meu senhor – disse o infeliz rapaz. – Meus pecados, graças a Deus!, não são tão numerosos, nem excedem o que se poderia esperar na minha idade. Enxugue as suas lágrimas, bom padre, e vamos com isso: este é um mundo malvado e não tenho motivos para deixá-lo com remorso.

– Oh, desgraçado jovem! – exclamou Jerônimo. – Como pode suportar ver a mim com paciência? Eu sou seu assassino. Sou eu a razão dessa hora sombria!

– Do fundo da minha alma perdoo – disse o jovem, – assim como espero que o céu me perdoe. Ouça minha confissão, padre, e me dê a sua bênção.

– Como posso prepará-lo apropriadamente para a sua passagem? – disse Jerônimo. – Não poderá ser salvo se não perdoar seus inimigos. Está disposto a perdoar este ímpio?

– Sim, estou – disse Teodoro.

– E isso não o comove, cruel príncipe? – voltou-se o religioso.

– Eu o chamei para confessá-lo – disse Manfredo severamente, – não para inteceder por ele. Primeiro joga-me contra ele... que o sangue desse rapaz caia sobre a sua cabeça.

– Cairá! cairá! – disse o bom homem, num transe de dor. – Você e eu nunca poderemos seguir para onde este abençoado jovem está indo.

– Ande logo! – gritou Manfredo. – Não darei mais ouvidos nem a lamúrias de padres nem a gritos de mulheres.

– O quê? – disse o jovem. – Será possível que a minha sorte tenha causado o que ouvi? Então a princesa está novamente em seu poder?

– Desse modo você apenas me recorda a minha própria ira – exclamou Manfredo. – Prepare-se, este é o seu último momento.

O jovem, que se indignou ainda mais, e comovido também com a tristeza que percebeu ter impingido em todos os espectadores, tanto quanto no padre, reprimiu suas emoções e, tirando o seu gibão e desabotoando a gola, ajoelhou-se para as suas orações. Quando se inclinou, a sua camisa escorregou para abaixo do ombro. descobrindo a marca de uma seta avermelhada.

– Louvor aos céus! – exclamou o santo homem, perplexo – que estou vendo? É meu filho! Meu Teodoro!

A torrente de emoções que se seguiu pode ser imaginada, mas não descrita. As lágrimas dos presentes ficaram suspensas pelo espanto, mais do que pela alegria do encontro. Pareciam inquirir nos olhos do príncipe o rumo dos seus próprios sentimentos. Surpresa, dúvida, ternura e respeito sucederam-se um ao outro no semblante do rapaz. Ele recebeu com modesta submissão a efusão das lágrimas e abraços do ancião; ainda assim, temeroso de ter esperanças e já conhecendo o inflexível temperamento de Manfredo, lançou um olhar para o príncipe, como a dizer "ficará ainda impassível diante de uma cena como esta?".

O coração de Manfredo não perdera inteiramente a capacidade de comover-se. Em seu espanto esqueceu a raiva; no entanto, o seu orgulho impediu que se mostrasse afetado. Ele até mesmo se perguntou se tal descoberta não seria uma estratégia do padre para salvar o jovem camponês.

– Que significa isso? – disse ele. – Como pode ser seu filho? Está de acordo com a sua profissão ou reputada santidade reconhecer num camponês o fruto dos seus amores ilegítimos?

– Oh Deus! – disse o santo homem. – Está questionando o fato de ser ele o meu filho? Poderia sentir a angústia que sinto, se não fosse seu pai? Poupe-o! Bom príncipe. Poupe-o! E revide em mim como quiser.

– Poupe-o! poupe-o! – gritaram os presentes – para o próprio bem desse bom homem.

– Calma! – disse Manfredo severamente – Preciso saber mais, antes de estar disposto a perdoar. O filho bastardo de um santo pode não ser ele mesmo um santo.

– Príncipe injusto! – disse Teodoro – não acrescente o insulto às suas crueldades. Se sou o filho desse homem venerável, embora não um príncipe como você, saiba que o sangue que corre em minhas veias...

– Sim – disse o padre interrompendo-o, – o sangue dele é nobre; nem é ele um ser abjeto, assim como a ele tem se referido, meu senhor. Ele é meu filho legítimo e poucas casas existem em toda a Sicília mais antigas do que a dos Falconara... Mas ah, senhor, que significa o sangue? Que significa a nobreza? Somos todos répteis, miseráveis criaturas pecadoras. Só a compaixão pode distinguir-nos do pó do qual viemos e ao qual retornaremos.

– Basta de sermões! – disse Manfredo. – Esquece-se de que não mais é o padre Jerônimo, mas sim o Conde de Falconara. Deixe-me conhecer a sua história, terá tempo para fazer reflexões morais depois, se não conseguir obter o perdão para esse bruto criminoso.

– Mãe de Deus! – disse o padre. – Será possível que o meu senhor possa recusar a um pai a vida do seu único filho, há muito tempo perdido? Que sua alteza me humilhe, me despreze, faça pouco de mim ou me aflija, aceite a minha vida pela dele, mas poupe o meu filho!

– Agora pode sentir então o que é perder um único filho? – disse Manfredo. – Há poucos instantes pregava-me a resignação. Minha casa, se ao destino aprouver, pode perecer, mas o Conde de Falconara...

– Ah, meu senhor – disse Jerônimo, – confesso que o ofendi; mas não agrave ainda mais os sofrimentos de um velho homem. Não me gabo da minha família, nem penso em tais vaidades – é a natureza que pede por este rapaz: é a memória da querida mulher que o trouxe à luz... Ela morreu, Teodoro?

– Faz tempo que a sua alma está entre os eleitos – disse Teodoro.

– Oh, como? – gritou Jerônimo. – Conte-me... Não. Lá ela está feliz! Você é tudo o que me importa agora! Grande e venerável senhor, pode conceder-me, pode conceder-me a vida do meu pobre filho?

– Volte para o seu convento – respondeu Manfredo, – traga a princesa; obedeça-me em tudo aquilo que já combinamos e lhe prometo a vida do seu filho.

– Oh! meu senhor – disse Jerônimo, – então é a honestidade o preço que devo pagar pelo bem deste querido rapaz?

– Por mim – gritou Teodoro, – prefiro morrer mil vezes a manchar a sua consciência. O que este tirano quer do senhor exatamente? A princesa está a salvo do seu poder? Proteja-a, venerável ancião!, e deixe que toda a sua irá despenque sobre mim.

Jerônimo esforçou-se por conter a impetuosidade do jovem, mas antes que Manfredo pudesse responder, ouviu-se um galope de cavalos e soou uma trombeta de bronze do lado de fora dos portões do castelo. No mesmo instante, as plumas do elmo encantado, que ainda se encontrava no outro lado do pátio, agitaram-se tempestuosamente e aquiesceram três vezes como se uma cabeça invisível fizesse reverência.

CAPÍTULO III

Quando viu as plumas daquele elmo milagroso agitarem-se no mesmo ritmo do toque da trombeta de bronze, o ânimo de Manfredo fraquejou.

– Padre! – disse para Jerônimo, a quem agora deixara de tratar como Conde de Falconara, – que significam esses portentos? Se acaso ofendi...

As plumas agitaram-se ainda com mais violência do que antes.

– ... mísero príncipe que sou! – gritou Manfredo. Santo padre! Não pode ajudar-me com suas orações?

– Meu senhor – replicou Jerônimo, – os céus, sem dúvida, estão descontentes com o modo com que trata os seus servos. Devote-se à Santa Igreja e deixe de perseguir os seus ministros. Liberte esse jovem inocente e aprenda a respeitar o sagrado hábito que estou usando – não se brinca com o que é celeste: está vendo...

A trombeta soou novamente.

– Reconheço que fui um tanto precipitado – disse Manfredo. – Padre, vá até a vigia e pergunte quem está no portão.

– O senhor me concede a vida de Teodoro? – replicou o padre.

– Concedo – disse Manfredo, – mas pergunte quem está lá fora.

Jerônimo, agarrando-se ao pescoço do filho, despejou uma torrente de lágrimas que revelavam a alegria da sua alma.

– Você prometeu ir até o portão – disse Manfredo.

– Pensei – disse Jerônimo – que sua alteza iria desculpar o fato de agradecê-lo primeiramente deste modo, num tributo do meu coração.

– Vá, querido senhor – disse Teodoro, – obedeça ao príncipe; não mereço que este senhor adie a sua satisfação por minha causa.

Jerônimo, ao inquirir quem estava lá fora, obteve a resposta:

– Um arauto!

– De quem? – indagou ele.

– Do cavaleiro da espada gigantesca – disse o arauto – e devo falar com o usurpador de Otranto.

Jerônimo voltou ao príncipe e repetiu a mensagem nas mesmas palavras em que fora proferida. Os primeiros sons deixaram Manfredo aterrado, mas quando se viu mencionado como usurpador, sua raiva reacendeu-se e todo o seu ânimo se inflamou.

– Usurpador! Vilão insolente! – gritou ele. – Quem ousa questionar o meu título? Retire-se, padre; este não é um assunto para monges: eu mesmo irei ao encontro desse presunçoso. Vá para o seu convento e prepare o retorno da princesa: o seu filho será um refém da sua lealdade. A vida dele depende da sua obediência.

– Santo Deus! Meu senhor – exclamou Jerônimo, – Sua alteza acabou de libertar espontaneamente o meu filho, neste instante. Já esqueceu tão prontamente a intervenção do céu neste caso?

– O céu – replicou Manfredo – não envia arautos para questionar o título de um príncipe legítimo. Eu até mesmo duvido se Ele nos comunica a Sua vontade através dos padres – mas isso é assunto seu, não meu. No momento, já conhece as minhas disposições e não será um arauto impertinente que salvará a vida do seu filho, se não voltar em breve com a princesa.

Era inútil ao santo homem replicar. Manfredo mandou que o conduzissem ao portão dos fundos e o trancassem fora do castelo; em seguida, determinou a algum dos seus ordenanças que levasse Teodoro para o topo da torre negra e que o vigiasse estritamente; mal permitindo que pai e filho trocassem um rápido abraço de despedida. Retirou-se então para o salão e, sentando-se no seu trono de príncipe, ordenou que o arauto fosse trazido à sua presença.

– Bem, seu insolente – disse o príncipe, – que quer comigo?

– Venho à sua presença – retrucou ele, – Manfredo, usurpador do Principado de Otranto, enviado pelo renomado e invencível cavaleiro, o cavaleiro da espada gigantesca, em nome do seu senhor, Frederico, Marquês de Vicenza, exigir a senhora Isabela, filha daquele príncipe, a qual, de modo vil e traidor, o senhor mantém em seu poder, tendo corrompido os seus falsos tutores durante a sua ausência. Além disso, ele exige que renuncie ao Principado de Otranto, o qual o senhor usurpou do dito senhor Frederico, o mais próximo em sangue ao último senhor legítimo, Afonso o Bom. Se não cumprir de imediato essas justas exigências, ele o desafia para um duelo mortal.

Assim dizendo, o arauto depôs o seu bastão.

– E onde está esse valentão que o enviou? – disse Manfredo.

– A uma légua daqui – respondeu o arauto. – Ele vem para assegurar as exigências do seu senhor, uma vez que ele é um verdadeiro cavaleiro assim como você é um usurpador e ladrão.

Apesar dessas injúrias, Manfredo considerou que não era do seu interesse provocar o marquês. Sabia o quão bem fundada era a intimação de Frederico, nem era essa a primeira vez que a ouvia. Os antepassados de Frederico tinham assumido o título de príncipes de Otranto desde a morte de Afonso o Bom. Mas Manfredo, seu pai e seu avô haviam se mostrado poderosos demais para que a casa de Vicenza pudesse destroná-los.

Frederico, um jovem príncipe corajoso e apaixonado, havia desposado uma bela jovem da qual estava enamorado e que morrera ao dar à luz Isabela. Sua morte o perturbou de tal forma que ele se engajou numa cruzada e rumou para a Terra Santa, onde foi ferido num combate contra os infiéis, sendo sido feito prisioneiro e dado como morto.

Quando tais notícias chegaram aos ouvidos de Manfredo, este subornou os tutores da senhora Isabela para que a entregassem como noiva para o seu filho Conrado; por meio dessa aliança, ele propunha unir os interesses das duas casas. Fora também esse um dos motivos que o levara a tomar a súbita resolução de desposar Isabela, quando da morte de Conrado; idêntica consideração o levava agora a procurar obter o consentimento de Frederico para esse casamento. Estratégia semelhante inspirava-o também com a ideia de convidar o cavaleiro de Frederico para o seu castelo, para que este nada soubesse da fuga de Isabela, proibindo rigorosamente que os seus criados a mencionassem.

– Arauto – disse Manfredo, tão logo havia ruminado tais pensamentos, – volte para o seu senhor e diga-lhe que, antes de liquidarmos as nossas diferenças pela espada, Manfredo quer conversar com ele. Diga-lhe que é bem-vindo em meu castelo, no qual, por minha palavra de verdadeiro cavaleiro que sou, ele terá uma recepção cortês e segura para ele e os seus seguidores. Se não pudermos resolver as nossas disputas por meios amigáveis, juro que ele poderá partir a salvo e terá plena satisfação de acordo com a lei das armas, assim me ajude Deus e a Santíssima Trindade.

O arauto fez três reverências e se retirou.

Enquanto durava essa entrevista, a mente de Jerônimo era agitada por mil paixões contraditórias. Temia pela vida do seu filho e a sua primeira ideia foi persuadir Isabela a retornar ao castelo. No entanto, temia também o pensamento da sua união com Manfredo. Assustava-o a cega submissão de Hipólita à vontade do seu marido e, embora não duvidasse de que poderia incitar a sua fé a não consentir num divórcio, se pudesse ter acesso a ela, ainda assim, se Manfredo descobrisse que essa obstrução provinha dele, isso se revelaria igualmente fatal para Teodoro. Ele estava impaciente para saber de onde vinha o arauto, que tão sem cerimônia contestara o título de Manfredo; no entanto, ele não ousava ausentar-se do convento, com medo de que Isabela o abandonasse e tal fuga fosse-lhe imputada. Retornou, então, desconsolado para o monastério, incerto quanto à conduta que deveria seguir. Um monge que o encontrou no pórtico e percebeu seu ar melancólico disse:

– Ah, irmão, é mesmo verdade que perdemos então a nossa excelente princesa Hipólita?

O santo homem ficou perplexo e gritou:

– Que quer dizer com isso, irmão? Estou vindo do castelo neste instante e a deixei em perfeita saúde.

– Martelli – replicou o outro monge – passou pelo convento há apenas um quarto de hora, em seu caminho vindo do castelo, e relatou que sua alteza estava morta. Todos os nossos irmãos foram para a capela orar por seu trânsito feliz para uma vida melhor e me pediram que aqui permanecesse para esperar a sua chegada. Eles sabem do seu santo apego àquela boa senhora e estão aflitos pela dor que isso pode causar-lhe... De fato, todos nós temos razões para chorá-la, ela era uma verdadeira mãe para a nossa casa... Mas esta vida é apenas uma peregrinação, não nos devemos lamuriar... Todos nós iremos segui-la, que o nosso fim seja como o dela!

– Bom irmão, você está sonhando – disse Jerônimo, – estou lhe dizendo que venho do castelo e deixei a princesa com saúde... Onde está a senhora Isabela?

– Pobre senhora! – retornou o religioso. – Contei-lhe a triste notícia e lhe ofereci conforto espiritual; recordei-lhe a condição transitória da mortalidade e a aconselhei a tomar o véu: citei o exemplo da santa princesa Sanchia de Aragon.

– O seu zelo é louvável – disse Jerônimo de modo impaciente, – mas no momento é desnecessário: Hipólita está bem – pelo menos confio no Senhor que ela esteja; não ouvi nada em sentido contrário... Mesmo levando em conta a severidade do príncipe... Bem, irmão, mas onde está a senhora Isabela?

– Não sei – disse o monge, – ela chorou muito e disse que iria retirar-se para o seu quarto.

Jerônimo deixou bruscamente seu companheiro e rumou apressadamente em busca da princesa, porém ela não se encontrava no quarto. Indagou aos criados do convento, mas não obteve resposta. Procurou em vão por todo o monastério e na igreja, enviou mensageiros pela vizinhança para saber se a tinham visto, mas sem resultado. Nada podia igualar a perplexidade desse bom homem. Concluiu que Isabela, suspeitando que Manfredo houvesse precipitado a morte da sua esposa, tinha se alarmado e se retirado para algum esconderijo mais secreto. Essa nova fuga iria provavelmente elevar a fúria do príncipe às alturas. A notícia da morte de Hipólita, embora parecesse quase inacreditável, aumentou a sua preocupação e, embora a fuga de Isabela traduzisse a sua aversão por Manfredo, Jerônimo não extraía daí nenhum conforto, uma vez que isso colocava em perigo a vida do seu filho. Resolveu, então, voltar ao castelo, acompanhado de vários dos seus irmãos, de modo a que todos atestassem a sua inocência perante Manfredo e, se necessário, intercedessem junto com ele por Teodoro.

O príncipe, enquanto isso, dirigira-se para o pátio e ordenara que os portões do castelo fossem abertos para receber o cavaleiro desconhecido e seu séquito. Em poucos minutos a cavalaria chegou. Primeiramente vieram dois batedores com as suas bandeiras. Em seguida um arauto acompanhado por dois pajens e dois trombeteiros. Então uma centena de soldados a pé. Atrás desses vinha o mesmo número de cavaleiros. Depois deles, cinquenta criados vestidos em roupas pretas e escarlates, as cores do cavaleiro. Seguia um cavalo conduzido por um vassalo. Dois arautos de cada lado de um nobre a cavalo, transportando as bandeiras com as armas de Vicenza e Otranto entrelaçadas – fato que muito ofendeu Manfredo, mas este reprimiu o seu ressentimento. Mais dois pajens. O confessor do cavaleiro rezando o terço. Mais cinquenta homens a pé vestidos do mesmo modo. Dois cavaleiros portando armaduras completas, os visores abaixados, acompanhantes do cavaleiro principal. Os escudeiros dos dois cavaleiros carregando os seus escudos e divisas. O escudeiro do cavaleiro. Cem nobres carregando uma enorme espada e parecendo sucumbir sob o seu peso. O próprio cavaleiro num cavalo castanho, em armadura completa, sua lança em riste, sua face inteiramente oculta pelo visor, que era encimado por um grande número de plumas negras e escarlates. Cinquenta soldados a pé com trombetas e tambores encerravam o cortejo, que serpenteava para a direita e esquerda, de modo a abrir espaço para o cavaleiro principal.

Assim que se aproximou do portão, este parou e o arauto avançou, lendo novamente as palavras do desafio. Os olhos de Manfredo estavam fixos na gigantesca espada e ele mal parecia prestar atenção nas palavras que eram ditas, mas a sua atenção foi logo perturbada por uma tempestade de vento que se ergueu atrás dele. Voltando-se, viu as plumas do elmo encantado agitarem-se da mesma extraordinária maneira com que tinham feito há pouco. Só alguém intrépido como Manfredo não sucumbiria sob a concorrência de tantos fatores que pareciam anunciar a sua desgraça. Recusando trair, na presença de estranhos, a coragem que sempre manifestara, Manfredo tomou a palavra:

– Senhor cavaleiro, quem quer que seja, dou-lhe as boas-vindas. Se for mortal, seu valor aqui encontrará um seu igual; e se for um verdadeiro cavaleiro, se escusará de empregar feitiçaria para atingir o seu objetivo. Venham tais presságios do céu ou do inferno, Manfredo confia na justiça da sua causa e no auxílio de São Nicolau, que sempre protegeu sua casa. Desmonte, senhor cavaleiro, e descanse. Amanhã terá um combate honesto e que Deus esteja ao lado do mais justo!

O cavaleiro não deu resposta alguma e, depois de desmontar, foi conduzido por Manfredo ao grande saguão do castelo. Enquanto atravessavam o pátio, o cavaleiro parou para observar o misterioso elmo e, ajoelhando-se diante dele, pareceu rezar em silêncio por alguns minutos. Erguendo-se, fez sinal ao príncipe para que prosseguisse. Assim que entraram no saguão, Manfredo propôs ao estranho que se desfizesse da armadura; mas o cavaleiro balançou a cabeça recusando.

– Senhor cavaleiro – disse Manfredo, – isso não é cortês da sua parte, mas por minha boa-fé não irei contrariá-lo, nem deverá ter aqui qualquer razão para se queixar do príncipe de Otranto. Não tenho nenhuma armadilha planejada e espero que não haja nenhuma da sua parte.

Manfredo deu-lhe um anel.

– Tome isto em penhor: você e seus amigos usufruirão as leis da hospitalidade. Descansem aqui até que sejam trazidos os refrescos; irei apenas dar ordens para a acomodação do seu séquito e em breve retornarei.

Os três cavaleiros inclinaram a cabeça como que aceitando a sua cortesia. Manfredo determinou que o séquito do estranho cavaleiro fosse conduzido para uma hospedaria vizinha, fundada pela princesa Hipólita para acomodar peregrinos. Enquanto atravessava o pátio para retornar em direção ao portão, a gigantesca espada soltou-se de seus carregadores e, caindo no chão no extremo oposto àquele em que se encontrava o elmo, ali quedou imóvel. Manfredo, já quase insensível a aparições sobrenaturais, superou o choque desse novo prodígio e retornando ao saguão no qual o banquete estava pronto, convidou seus silenciosos hóspedes a ocuparem os seus lugares.

Manfredo, não importa o quão sombrio estivesse o seu coração, esforçou-se por inspirar alegria a toda aquela gente. Fez-lhes várias perguntas, mas foi respondido apenas por sinais. Eles ergueram os seus visores só o suficiente para se alimentar, mas, mesmo assim, em quantidades muito pequenas.

– Senhores – disse o príncipe, – vocês são os primeiros hóspedes que recebo dentro dessas paredes e que desdenham manter qualquer conversa comigo. Nem acredito que seja comum que príncipes como eu exponham o seu estado e dignidade diante de estranhos, desprovidos de palavras. Vocês dizem que vêm em nome de Frederico de Vicenza: sempre ouvi falar que ele era um cavaleiro galante e cortês, nem passaria por sua mente, ouso dizer, que lhe fosse desonroso, numa conversa, misturar-se com um príncipe que é seu igual e não inteiramente desconhecido pelos seus feitos em armas... Ainda assim permanecem em silêncio... Bem! Seja como for, pelas leis da hospitalidade e da cavalaria, vocês são senhores sob este teto: ajam como quiser... Mas, por favor. passem-me um copo de vinho; certamente não irão recusar que eu brinde à saúde das suas formosas damas.

O cavaleiro principal suspirou, fez o sinal da cruz e estava a ponto de levantar-se da mesa.

– Senhor cavaleiro – disse Manfredo, – o que acabei de dizer foi apenas brincadeira: não o contrariarei em nada. Faça o que lhe convier. Uma vez que o seu ânimo não é de alegria, fiquemos tristes. Talvez assuntos de negócio apelem mais à sua imaginação. Retiremo-nos e veja se o que tenho a revelar-lhe pode ser melhor aproveitado do que os vãos esforços que fiz como passatempo.

Manfredo, então, conduzindo os três cavaleiros a um aposento interior, fechou a porta e, convidando-os a sentar, começou assim, dirigindo-se à figura principal:

– O senhor vem, se bem entendo, em nome do Marquês de Vicenza, para reclamar a senhora Isabela, sua filha, que se ligou diante da Santa Igreja a meu filho, por consentimento dos seus tutores legais; e exigir que entregue meus domínios a seu senhor, que se considera o mais próximo em sangue ao príncipe Afonso, cuja alma descanse em Deus! Começarei pela última das suas exigências. Você deve estar a par, o seu senhor está a par, de que recebi o Principado de Otranto do meu pai, Dom Manuel, assim como ele o recebeu do seu pai, Dom Ricardo. Afonso, seu predecessor, ao morrer sem herdeiros na Terra Santa, legou os seus domínios ao meu avô Dom Ricardo, em consideração por seus leais serviços...

O estranho abanou a cabeça.

– Senhor cavaleiro – tornou Manfredo calorosamente, – Ricardo era um homem valente e íntegro; era um homem piedoso, testemunho disso são a magnífica fundação da igreja aqui vizinha e os dois conventos. Era protegido especialmente por seu padroeiro São Nicolau... Meu avô era incapaz... Digo, senhor, Dom Ricardo era incapaz... Desculpe-me, sua interrupção me perturbou... Venero a memória do meu avô... Bem, senhores! Ele manteve este estado; ele o manteve através da sua boa espada e pela graça de São Nicolau; o mesmo fez meu pai e o mesmo, senhores, farei eu, aconteça o que acontecer... Mas Frederico, seu senhor, é o mais próximo em sangue... Consenti em pôr o meu título na ponta de uma espada. Será que isto implica, senhores, um título ilegítimo? Eu poderia ter perguntado "onde está Frederico, seu senhor?". Os relatos o dão como morto em cativeiro. Vocês dão, a entender, suas ações dão a entender, que ele está vivo... Não os questiono... Eu poderia, senhores, eu poderia, mas não o faço. Outros príncipes incitariam Frederico a tomar a sua herança pela força, se puder; eles não exporiam a sua dignidade num único combate: não se submeteriam à decisão de alguns desconhecidos e, ainda por cima, mudos!... Perdoem-me cavaleiros, estou inflamado, mas se ponham os senhores no meu lugar. Valiosos cavaleiros que são, não se alterariam ao ter sua própria honra e a dos seus ancestrais postas em questão? Mas vamos ao ponto. Exigem que eu entregue a senhora Isabela... Senhores, devo perguntar se estão autorizados a recebê-la...

O cavaleiro anuiu.

– ... a recebê-la – continuou Manfredo. – Bem, sim! Estão autorizados a recebê-la... Mas, gentil cavaleiro, posso perguntar se tal autorização confere-lhe plenos poderes?

O cavaleiro assentiu novamente.

– Muito bem! – disse Manfredo. – Ouçam então o que tenho a propor-lhes... Vocês estão diante, cavaleiros, do mais desgraçado dos homens!

A essa altura Manfredo começou a chorar.

– Concedam-me a sua compaixão, pois, sim, eu a mereço. Saibam que perdi a minha única esperança, a minha alegria, o sustento de minha casa... Conrado morreu ontem de manhã...

Os cavaleiros mostraram-se surpresos.

– Sim, senhores, o destino dispôs do meu filho. Isabela está livre.

– Entregue-a então – gritou o principal cavaleiro, rompendo o silêncio.

– Concedam-me um pouco mais da sua paciência – prosseguiu Manfredo. – Alegro-me em descobrir, por essa prova da sua boa vontade, que esta questão pode ser tratada sem derramamento de sangue. Não são razões do meu interesse pessoal que ditam o pouco que ainda me resta dizer. Estão contemplando em mim um homem desgostoso com o mundo: a morte do meu filho destruiu em mim todo o apego às coisas terrenas. Poder, grandeza, já não têm mais quaisquer encantos para mim. Era meu desejo transmitir o cetro que recebi honrosamente dos meus antepassados para o meu filho – mas isso acabou! A própria vida tornou-se-me tão indiferente que aceitei seu desafio com alegria:

um bom cavaleiro não tem maior satisfação do que ir para o túmulo cumprindo a sua vocação. Qualquer que seja a vontade divina, eu me submeto, pois hoje, senhores, sou um homem profundamente amargurado. O Príncipe Manfredo não é alvo de inveja... Mas, sem dúvida, vocês conhecem a minha história...

Os cavaleiros deram mostras de ignorá-la e parêceram curiosos em que Manfredo prosseguisse.

– Será possível, senhores – continuou o príncipe, – que a minha história seja um segredo para vocês? Nunca ouviram nada relacionado a mim e Hipólita?

Os cavaleiros balançaram a cabeça negativamente.

– Não! Então, senhores, aí vai. Muitos consideram-me ambicioso. A ambição, ai de mim, é composta dos mais brutos materiais. Se eu fosse ambicioso, não teria sido por tantos anos uma vítima dos escrúpulos da consciência... Mas estou cansando a sua paciência: serei breve. Saibam, então, que há muito tempo ando mentalmente perturbado a respeito da minha união com a princesa Hipólita. Ah, senhores, se estivessem familiarizados com aquela excelente mulher! Se soubessem o quanto a adoro como esposa e o quanto a estimo como amiga... Mas o homem não nasceu para a felicidade completa! Ela partilha dos meus escrúpulos e com o seu consentimento eu trouxe essa questão perante a Igreja, pois somos parentes em grau demasiado próximo. Espero, a qualquer momento, a sentença final que irá separar-nos definitivamente. Tenho certeza de que sentem por mim... percebo que sentem... Perdoem-me estas lágrimas!...

Os cavaleiros olharam-se uns aos outros, como que se perguntando aonde tudo isso iria levar. Manfredo continuou:

– Tendo a morte do meu filho ocorrida no momento em que a minha alma sofria tal ansiedade, tudo que o que pensei foi em renunciar a meus domínios e me afastar para sempre do convívio da humanidade.

A minha única dificuldade foi escolher um sucessor, que fosse terno para com o meu povo, e dispor da senhora Isabela, que me é tão cara quanto os do meu próprio sangue. Era meu desejo restaurar a linhagem de Afonso, até mesmo em seu mais distante grau de parentesco; embora, perdoem-me, eu esteja convencido de que fosse a sua vontade que a linhagem de Ricardo tivesse substituído a sua própria. Ainda assim, onde iria eu encontrar os seus parentes? Eu nada sabia de Frederico, seu senhor. Ele fora feito prisioneiro dos infiéis ou estava morto; e se estivesse vivo e em casa, será que ele deixaria o próspero estado de Vicenza pelo irrisório Principado de Otranto? Se não o fizesse, poderia eu suportar o pensamento de ver um duro e insensível vice-rei dando ordens para o meu desafortunado povo fiel?... Pois, senhores, eu amo o meu povo e graças a Deus sou amado por ele... Mas vocês podem estar perguntando: "Aonde quer chegar este longo discurso?". Então serei breve, senhores. Com a vinda de tais cavaleiros, o céu parece apontar uma saída para essas dificuldades e os meus infortúnios. A senhora Isabela está livre e eu em breve também estarei. Eu me submeteria a qualquer coisa pelo bem do meu povo... Não seria a melhor, a única maneira de extinguir a disputa entre as nossas duas famílias, se eu tomasse a senhora Isabela como esposa?... Surpreendem-se... Mas, embora as virtudes de Hipólita me sejam sempre caras, um príncipe não deve pensar em si mesmo: ele nasceu para servir o seu povo.

Neste instante um criado entrou na sala, informando Manfredo de que Jerônimo e vários dos seus irmãos pediam-lhe uma audiência imediata.

O príncipe, irritado por essa interrupção e temendo que o monge revelasse aos estranhos que Isabela se refugiara no convento, ia proibir a entrada de Jerônimo. Mas, recordando-se que este certamente chegara para notificar-lhe a volta da princesa, Manfredo começou a desculpar-se perante os cavaleiros por deixá-los por alguns instantes, mas foi impedido de retirar-se com a chegada dos religiosos. Manfredo censurou-os asperamente por sua intromissão e os teria expulsado do aposento; mas Jerônimo estava agitado demais para obedecer. Proclamou em voz alta a fuga de Isabela, com protestos da sua própria inocência.

Manfredo, perturbado com notícia e não menos com o fato de esta chegar ao conhecimento dos estranhos, passou a proferir frases sem sentido, ora ralhando com o padre, ora desculpando-se diante dos cavaleiros; ao mesmo tempo ansioso por saber o que se passara com Isabela, mas temeroso de que os estranhos também viessem a perceber tudo. Impaciente por lançar-se em sua busca, porém receoso de que os outros a ela se juntassem, ofereceu-se para enviar mensageiros a sua procura, mas o cavaleiro principal, rompendo de uma vez o seu silêncio, censurou asperamente Manfredo por seu comportamento ambíguo e sombrio, e indagou a causa da primeira ausência de Isabela do castelo.

Manfredo, lançando um olhar severo para Jerônimo, como que lhe dando uma ordem de silêncio, tentou explicar que, quando da morte de Conrado, ele a havia mandado para o convento até que pudesse decidir a melhor forma de encaminhar o seu destino. Jerônimo, que temia pela vida do seu filho, não ousou contradizer essa mentira; mas um dos seus irmãos, que não sofria da mesma ansiedade, declarou francamente que ela havia buscado refúgio em sua igreja na noite precedente. O príncipe em vão tentou encobrir essa descoberta, que o lançava num estado de terrível confusão e vergonha. O principal cavaleiro entre os desconhecidos, surpreso com as contradições que ouvira e quase inteiramente convencido de que Manfredo escondia a princesa, sem conseguir conter a preocupação com sua fuga, precipitou-se para a porta dizendo:

– Príncipe traidor! Isabela será encontrada.

Manfredo tentou detê-lo, mas os outros cavaleiros puseram-se ao lado do seu camarada, que se libertou do príncipe e correu para o pátio, chamando por seus criados. Manfredo, percebendo que era inútil dissuadi-lo dessa busca, ofereceu-se para acompanhá-lo. Conclamando então seus próprios servos e trazendo Jerônimo e alguns dos monges para guiá-los, saíram do castelo; mas não antes que Manfredo, em particular, desse ordens para que o séquito do cavaleiro fosse mantido a distância, e para o próprio cavaleiro fingia estar enviando um mensageiro do seu séquito.

Assim que a companhia saiu do castelo, Matilda, que sentira profunda atração pelo jovem camponês, desde o momento em que o vira ser condenado à morte no saguão, e cujos pensamentos só buscavam encontrar meios de salvá-lo, foi informada por uma das criadas de que Manfredo havia enviado todos os seus homens em perseguição a Isabela. Em sua pressa, ele dera essa ordem para todos, não pretendendo, contudo, estendê-la ao guarda que vigiava Teodoro, mas esqueceu de mencioná-lo. Os criados, prontos a obedecer a tão peremptório príncipe, e movidos pela sua própria curiosidade e gosto para se lançar em qualquer caçada precipitada, deixaram o castelo sem um só homem. Matilda, livrando-se da companhia de suas damas, subiu à torre negra e, destravando a porta, apresentou-se diante do surpreso Teodoro.

– Jovem – disse ela, – embora dever filial e modéstia feminina condenem o passo que estou dando, ainda assim, a sagrada compaixão, superando todos os outros laços, justifica este ato. Fuja! As portas de sua prisão estão abertas: meu pai e seus criados saíram, mas podem retornar logo. Ponha-se a salvo e que os anjos do céu dirijam os seus passos!

– Você é certamente um desses anjos! – disse o enlevado Teodoro. – Ninguém, exceto um anjo abençoado, poderia falar, agir e se mostrar assim como você!... Posso conhecer o nome da minha divina protetora? Penso ter ouvido menção a seu pai: será possível? Pode alguém com o sangue de Manfredo sentir compaixão?... Adorável senhora, não me responde... Mas como você mesma está aqui? Por que descuida de sua própria segurança e desperdiça seus pensamentos com um pobre coitado como Teodoro? Fujamos juntos: a vida que a senhora acaba de salvar será dedicada à sua defesa.

– Ai de mim! Você está enganado – disse Matilda suspirando; – sou filha de Manfredo e não corro nenhum perigo.

– Que surpresa! – disse Teodoro – Ontem à noite fui abençoado em prestar-lhe o auxílio que agora sua compaixão tão carinhosamente paga-me.

– Você ainda está enganado – disse a princesa, – mas não há tempo para explicações. Fuja, virtuoso jovem, enquanto está em meu poder salvá-lo. Se meu pai retornar, aí sim nós dois teremos motivos para tremer.

– Como assim? – exclamou Teodoro – Então pensa, encantadora jovem, que eu aceitaria minha vida em troca de alguma desgraça para você? Preferiria morrer mil vezes...

– Não corro risco algum – disse Matilda – exceto por essa demora. Parta já! Ninguém pode saber que eu presenciei sua fuga.

– Jure por todos os santos do céu – disse Teodoro – que nunca suspeitarão de você; do contrário juro permanecer aqui, qualquer que seja a minha sorte.

– Oh! Você é generoso demais – disse Matilda, – mas fique sossegado que nenhuma suspeita poderá cair sobre mim.

– Dê-me sua graciosa mão como penhor de que não está me enganando – disse Teodoro – e deixe-me lavá-la com as lágrimas ardentes da gratidão.

– Não – disse a princesa. – Controle-se.

– Ai – disse Teodoro, – nunca conheci senão infortúnios até o presente momento; talvez seja sempre esse o meu destino. Aceite os castos entusiasmos da sagrada gratidão: é minha alma que se derramaria em suas mãos.

– Controle-se! Parta já – disse Matilda. – Que Isabela iria pensar, vendo-o a meus pés?

– Quem é Isabela? – perguntou o jovem camponês surpreso.

– Pobre de mim! Temo estar tratando com um farsante! Já esqueceu sua curiosidade esta manhã? – exclamou Matilda.

– Seus olhares, suas ações, toda a sua bela pessoa parecem uma emanação da divindade – disse Teodoro, – mas suas palavras são misteriosas e sombrias... Fale, senhora, fale, para que este seu servo compreenda.

– Você entendeu muito bem – disse Matilda, – mas uma vez mais ordeno-lhe que parta. Seu sangue, que ainda posso preservar, pesará sobre a minha cabeça, se eu perder mais tempo com inúteis discursos.

– Parto, senhora – disse Teodoro, – porque é de sua vontade e porque não levarei os cabelos brancos de meu pai com amargura para o túmulo. Diga somente, adorável senhora, que tenho sua nobre compaixão.

– Fique – disse Matilda; – vou conduzi-lo à cripta pela qual Isabela escapou; ali há uma passagem que o levará até a Igreja de São Nicolau, onde poderá refugiar-se junto ao santuário.

– O quê? – disse Teodoro – Então foi outra e não sua adorável pessoa que ajudei a encontrar a passagem subterrânea?

– Foi – disse Matilda. – Não faça mais perguntas.Tremo só de ver que ainda permanece aqui. Fuja para o santuário.

– Para o santuário? – disse Teodoro. – Não, princesa; santuários são para donzelas desamparadas ou para criminosos. A alma de Teodoro não carrega nenhuma culpa, nem se cobrirá com nada que se pareça com isso. Dê-me uma espada, senhora, e seu pai irá saber que Teodoro não se rebaixa a uma fuga indigna.

– Jovem insolente! – disse Matilda. – Então ousa erguer seu braço contra o Príncipe de Otranto?

– Contra *seu* pai, de fato, não – disse Teodoro. Desculpe-me, senhora, eu tinha esquecido... Mas como poderia lançar os olhos sobre sua pessoa e recordar que esta descende do tirano Manfredo?... Contudo ele é seu pai e, a partir desse momento, sepulto todas as minhas injúrias no esquecimento.

Um grunhido oco e profundo, que parecia vir de cima, surpreendeu a princesa e Teodoro.

– Bom Deus! Alguém nos ouviu! – disse a princesa. Ambos pararam para escutar, mas, sem perceber nenhum outro ruído, concluíram que devia tratar-se do efeito de vapores aprisionados. Então a princesa, precedendo, com cautela, Teodoro, conduziu-o até a sala de armas de seu pai; equipou-o com uma armadura completa e o levou até o portão posterior.

– Evite a aldeia. – disse a princesa – e todo o lado oeste do castelo. É lá que Manfredo e os estranhos devem estar fazendo sua busca. Caminhe pelo canto oposto. Mais além, atrás daquela floresta que fica ao leste, há uma cadeia de pedras, formando um labirinto de cavernas que chegam até o mar. Lá você pode esconder-se até que faça sinais para algum navio aproximar-se da costa e levá-lo a bordo. Vá! Que Deus guie seus passos!... E algumas vezes, em suas orações, lembre-se de... Matilda!

Teodoro jogou-se a seus pés, tomando sua mão delicada, que, com esforço, ela impediu que beijasse, jurou sagrar-se cavaleiro na primeira oportunidade e pediu ardentemente sua permissão para tornar-se seu eterno defensor.

Antes que a princesa pudesse responder, um estrondo de trovão, que sacudiu as fundações do castelo, fez-se ouvir. Teodoro, indiferente à tempestade, teria forçado-lhe a resposta, mas a princesa, apreensiva, recuou apressadamente para dentro do castelo, ordenando ao jovem que partisse, com um ar que não permitia nenhuma desobediência. Ele suspirou e se retirou, mas com os olhos fixos no portão, até que Matilda, fechando-o, pusesse um fim àquela entrevista, na qual os corações dos dois jovens haviam sorvido tão profundamente uma paixão que ambos provavam, naquele momento, pela primeira vez.

Pensativo, Teodoro rumou ao convento para informar seu pai de sua liberdade. Lá soube da ausência de Jerônimo e da perseguição que estava sendo feita a Isabela, com alguns detalhes que, pela primeira vez, veio a conhecer. O generoso cavalheirismo de seu temperamento levou-o a desejar ajudá-la; mas os monges não podiam dar-lhe pista alguma do caminho que ela havia tomado. Não ficou tentado a ir muito longe em sua busca, pois o vulto de Matilda gravara-se ardentemente em seu coração, de forma que ele não podia suportar afastar-se demasiado de sua morada. A ternura que Jerônimo havia manifestado por ele concorreu para confirmar sua relutância em partir e ele até se persuadiu de que a afeição filial era a principal razão de permanecer nas cercanias do castelo e do convento.

Mas antes que Jerônimo tivesse voltado, à noite, Teodoro finalmente resolveu seguir para a floresta indicada por Matilda. Ao chegar lá, procurou os lugares mais sombrios, que melhor se adequavam à doce melancolia que reinava em sua mente. Com esse espírito, penetrou quase insensivelmente as cavernas que muito tempo antes tinham servido de abrigo para ermitões, mas àquela época, dizia-se, na região, que eram assombradas por espíritos malignos. Recordou-se de ter ouvido tais histórias e, sendo de ânimo bravo e aventuroso, ele, de bom grado, cedeu à sua curiosidade, explorando os recessos secretos daquele labirinto. Não havia avançado muito quando pensou ouvir os passos de alguém que parecia fugir à sua frente.

Teodoro, embora acreditasse firmemente em tudo o que a santa fé ensina, não julgava que os homens bons fossem entregues sem razão aos obscuros poderes malignos. Pensou que o lugar, provavelmente, estaria infestado mais por ladrões do que por aqueles agentes infernais que costumam molestar e confundir os viajantes. Já há muito tempo ele ansiava impacientemente por provar a sua coragem. De espada em punho, avançou cautelosamente, deixando que o ruído imperfeito de passos à sua frente apontasse-lhe o caminho. A armadura que estava envergando também o denunciava à pessoa que fugia dele. Teodoro, agora inteiramente convencido de que não estava enganado, redobrou seu passo, ganhando terreno sobre a pessoa que fugia. Ao alcançá-la, Teodoro deparou-se com uma mulher que caía, sem fôlego, à sua frente. Apressou-se em erguê-la, mas seu pavor era tão intenso que compreendeu que ela iria desmaiar em seus braços. Empregou as palavras mais ternas para dissipar seus temores e assegurou-lhe que, longe de maltratá-la, ele iria defendê-la com sua própria vida. A senhora, recuperando seu ânimo diante desse tratamento cortês, voltou os olhos para seu protetor e disse:

– Certamente já ouvi esta voz antes.

– Não que eu saiba – replicou Teodoro, – a menos, imagino, que a senhora seja a princesa Isabela.

– Abençoado Deus! – exclamou ela – Você não foi enviado para perseguir-me, foi?

E dizendo tais palavras, jogou-se a seus pés, implorando que não a entregasse para Manfredo.

– Para Manfredo! – gritou Teodoro. – Não senhora! Já a salvei uma vez de sua tirania e isto não me custará pouco, mas a levarei até onde ele não possa mais alcançá-la.

– Será possível – disse ela – que você seja o generoso desconhecido que encontrei ontem à noite nos subterrâneos do castelo? Com certeza não se trata de um mortal, mas de meu anjo da guarda; deixe-me agradecer de joelhos...

– Espere, nobre princesa – disse Teodoro, – não se curve diante de um jovem pobre e sem amigos. Se o céu escolheu-me para ser seu libertador, ele se encarregará de cumprir sua obra e fortalecerá meu braço para defender sua causa. Mas venha, senhora, estamos muito perto da entrada da caverna. Busquemos lugares mais escondidos. Não ficarei tranquilo até que eu a tenha colocado fora de perigo.

– Ai! Que pretende, senhor? – disse ela. – Embora todas as suas ações sejam nobres, embora seus sentimentos traduzam a pureza de sua alma, será conveniente para mim acompanhá-lo sozinha no interior desses complexos labirintos? Se formos encontrados juntos, que pensará o mundo severo de minha conduta?

– Respeito sua virtuosa pureza – disse Teodoro. – Nem tal suspeita fere minha honra. Pretendo levá-la para o lugar mais seguro dessas rochas e então, arriscando minha vida, guardar sua entrada contra toda criatura viva. Além disso, senhora – continuou ele, dando um profundo suspiro, – ainda que bela e perfeita como é, saiba que minha alma está devotada a outra pessoa. Além disso...

Um ruído surdo impediu que Teodoro continuasse a falar. Logo puderam ouvir distintamente:

– Isabela! Ei! Isabela!

A trêmula princesa entrou novamente em pânico. Teodoro esforçou-se por encorajá-la, mas em vão. Assegurou de que morreria antes de vê-la retornar às garras de Manfredo; e, pedindo que permanecesse escondida, avançou para impedir que a pessoa em seu encalço se aproximasse.

Na entrada da caverna, ele encontrou um cavaleiro armado conversando com um camponês, o qual garantia ter visto uma senhora passando pelos desfiladeiros de pedra. O cavaleiro estava se preparando para procurá-la quando Teodoro, colocando-se em seu caminho, com a espada em riste, alertou-o severamente do perigo que corria se avançasse.

– E quem é você que ousa atravessar meu caminho?– disse o cavaleiro arrogantemente.

– Alguém que não ousa mais do que aquilo que pode fazer – disse Teodoro.

– Procuro a senhora Isabela – disse o cavaleiro – e soube que ela se refugiou entre esses rochedos. Não me impeça ou se arrependerá de ter provocado o meu rancor.

– Seu propósito é tão odioso como é desprezível seu rancor – disse Teodoro. – Volte imediatamente para onde veio ou logo saberemos qual rancor é mais terrível.

O estranho, que era o cavaleiro principal enviado pelo Marquês de Vicenza, tinha se afastado de Manfredo enquanto este estava ocupado em obter informações sobre o paradeiro da princesa e em dar ordens para evitar que esta caísse em poder dos três cavaleiros. Ele suspeitava que Manfredo estivesse a par do esconderijo da princesa; e agora este insulto, por parte de alguém que ele acreditava estivesse vigiando-a, confirmou as suas suspeitas. Desse modo, sem dar-lhe resposta alguma, desferiu um golpe de espada sobre Teodoro, que teria logo removido todo obstáculo, não tivesse Teodoro, que o tomava por alguém do exército de Manfredo, amparado tal golpe em seu escudo. A coragem que por tanto tempo permanecera oculta no peito do jovem rapaz então irrompeu de uma vez: lançou-se impetuosamente sobre o cavaleiro, cujo orgulho e cólera incitavam altos feitos. O combate foi violento, mas fulminante. Teodoro feriu o cavaleiro em três lugares e finalmente desarmou-o quando este desmaiou por perda de sangue.

O camponês, que tinha fugido à primeira investida, dera o alarme para alguns criados de Manfredo que, conforme suas ordens, tinham se espalhado pela floresta em busca de Isabela. Esses chegaram no momento em que o cavaleiro tombava, logo se dando conta de que se tratava do nobre desconhecido. Teodoro, apesar de seu ódio por Manfredo, não conseguiu suportar sua vitória sem compaixão e generosidade. Ficou ainda mais comovido quando soube das qualidades de seu adversário e foi informado de que não era um soldado, mas um inimigo de Manfredo. Ajudou os criados a tirarem a armadura do cavaleiro, esforçando-se por estancar o sangue que brotava de seus ferimentos. O cavaleiro, recobrando sua fala, disse com uma voz fraca e entrecortada:

– Generoso guerreiro, nós dois estávamos errados... Eu o tomei por um instrumento do tirano e percebo que você cometeu o mesmo engano... É tarde demais para desculpas... Vou desmaiar... Se Isabela está próxima, chame-a... Tenho importantes segredos para...

– Ele está morrendo! – disse um dos criados. – Ninguém tem um crucifixo? Andreas, diga uma oração por ele.

– Tragam água – disse Teodoro. – Despejem em sua garganta e façam com que beba, enquanto corro para chamar a princesa.

Dizendo isso, ele voou até Isabela e narrou em poucas palavras que desgraçadamente havia ferido, por engano, um cavaleiro enviado pela corte de seu pai, e ele, antes de morrer, desejava dizer-lhe coisas importantes. A princesa, que ficara extremamente agitada ao ouvir a voz de Teodoro chamando-a, ficou perplexa com o que ouviu. Deixando-se conduzir por Teodoro, cuja nova prova de coragem reacendera-lhe o ânimo, aproximou-se do local onde jazia o cavaleiro ensanguentado; mas seus temores retornaram quando vislumbrou os homens de Manfredo. Estava a ponto de fugir novamente, se Teodoro não a fizesse notar que esses estavam desarmados, e se não os tivesse ameaçado de morte, caso ousassem aprisionar a princesa. O desconhecido, abrindo seus olhos e fitando a mulher disse:

– Será você?... Por favor, diga-me a verdade... Será você Isabela de Vicenza?

– Sou eu – disse ela. – Que o bom Deus lhe devolva saúde!

– Então você... Então você... – disse o cavaleiro, lutando para falar – ... está vendo... seu pai!... Dê-me um...

– Oh! Por Deus! Horror! Que estou ouvindo? Que estou vendo? – gritou Isabela – Meu pai! Você é meu pai! Como veio até aqui, senhor? Pelo amor de Deus, fale!... Oh! Tragam socorro ou ele morrerá!

– É a pura verdade – disse o cavaleiro ferido, empregando todas as suas forças. – Sou Frederico, seu pai... Sim, vim para libertá-la... Não será... Dê-me um beijo de despedida...

– Senhor – disse Teodoro, – não se canse, permita-nos que o levemos até o castelo.

– Para o castelo? – disse Isabela – Não. Não há ajuda mais próxima do que o castelo? Iria deixar meu pai à mercê do tirano? Se ele for para lá, não ouso acompanhá-lo... E, no entanto, como posso deixá-lo?

– Minha filha – disse Frederico, – não me importa para onde serei levado: em poucos minutos estarei além de todo perigo, mas enquanto tiver olhos para contemplá-la, não me abandone, querida Isabela! Este bravo cavaleiro... nem sei quem ele é... protegerá sua inocência. Senhor, não abandonará minha filha, promete-me?

Teodoro, derramando lágrimas sobre sua vítima e jurando guardar a princesa com sua própria vida, convenceu Frederico a se deixar transportar para o castelo. Puseram-no sobre o cavalo de um criado, fechando seus ferimentos o melhor que podiam. Teodoro cavalgou a seu lado e a aflita Isabela, incapaz de se afastar dele, acompanhava-o pesarosamente atrás.

CAPÍTULO IV

Assim que o triste cortejo alcançou o castelo, Hipólita e Matilda, a quem Isabela, por intermédio de um dos criados, mandara avisar de sua chegada, vieram ao seu encontro. Depois de ordenar que Frederico fosse medicado no aposento mais próximo, as mulheres retiraram-se para que os médicos examinassem os ferimentos. Matilda corou ao ver Isabela e Teodoro juntos; mas tentou ocultar, abraçando sua amiga e demonstrando-lhe seu pesar pelo que ocorrera com seu pai. Os médicos logo saíram para assegurar a Hipólita que o marquês estava fora de perigo e que este desejava ver sua filha e as princesas. Teodoro, sob o pretexto de expressar sua alegria ao se ver livre da apreensão de que o combate pudesse ter sido fatal para Frederico, não pôde resistir ao impulso de acompanhar Matilda.

Ambos trocavam olhares com tanta frequência, que Isabela, observando Teodoro com a mesma atenção com que este observava Matilda, logo adivinhou o alvo de seus afetos. Enquanto essa cena sem palavras se passava, Hipólita perguntou a Frederico a razão de ter agido daquela estranha maneira de reclamar sua filha; lançando, ao mesmo tempo, várias desculpas para escusar o príncipe Manfredo pelo casamento contratado entre seus filhos. Frederico, apesar de estar encolerizado com o príncipe, não era insensível aos bons cuidados e benevolência de Hipólita; porém estava ainda mais comovido com as lindas formas de Matilda. Desejando retê-las ao lado de sua cama, resolveu pôr Hipólita a par de sua história.

Contou-lhe então que, quando prisioneiro dos infiéis, ele tivera um sonho de que sua filha, da qual não tivera mais notícias desde que entrara no cativeiro, estava presa num castelo, onde corria o perigo de sofrer as mais terríveis desgraças; e que, se ele conseguisse obter sua liberdade e fosse para um bosque nas proximidades de Joppa[1], obteria mais notícias. Alarmado com tal sonho, e incapaz de seguir as instruções que lhe foram dadas, suas cadeias tornaram-se-lhe ainda mais pesadas.

Contudo, enquanto seus pensamentos se ocupavam com meios de obter sua liberdade, recebeu a boa nova de que os príncipes confederados, que lutavam na Palestina, haviam pago o seu resgate. Ele imediatamente encaminhou-se para o bosque que lhe havia sido indicado em sonho. Por três dias ele e seus companheiros andaram a esmo pela floresta sem vislumbrar uma forma humana. Mas, na noite do terceiro dia chegaram a uma gruta, onde encontraram um venerável eremita já nas agonias da morte. Aplicando-lhe bálsamos revigorantes, o santo homem recobrou a fala. "Meus filhos", disse ele, "fico-lhes grato pela caridade... mas é inútil... estou a caminho do descanso eterno... no entanto, morro com a satisfação de cumprir a vontade divina. Quando cheguei pela primeira vez a esta solidão, depois de ter visto meu país cair nas mãos dos infiéis (já faz, ah!, mais de cinquenta anos que fui testemunha daquela horrenda cena!), São Nicolau apareceu para mim e me revelou um segredo, que me proibiu de transmitir a qualquer homem, a não ser no meu leito de morte. É chegada a estupenda hora e são vocês, sem dúvida, os guerreiros escolhidos para os quais devo revelar minha verdade. Assim que tiverem terminado os últimos serviços sobre este pobre corpo, cavem debaixo da sétima árvore do lado esquerdo desta caverna, e as suas dores irão... Oh! Bom Deus receba minha alma!..."

[1] Atual Jafa, porto em Israel, reunido a Telavive.

– Com tais palavras aquele homem devoto expirou seu último sopro. Ao romper o dia – continuou Frederico, – quando havíamos entregue os santos vestígios à terra, cavamos conforme as suas instruções... Mas qual não foi o nosso espanto quando a aproximadamente seis pés de profundidade nós descobrimos uma enorme espada?... A mesma arma que está caída lá no pátio! Na lâmina, que estava, naquela ocasião, parcialmente desembainhada, embora desde aquela época esteja novamente embainhada, apesar de nossos esforços para removê-la, estavam escritas as seguintes frases... Não. Desculpe-me, senhora – acrescentou o marquês, voltando-se para Hipólita, – se me contenho em pronunciá-las. Respeito o seu sexo e sua situação e não quero ser culpado de ofender os seus ouvidos com sons injuriosos àquilo que lhe é mais caro.

Calou-se. Hipólita tremia. Ela não duvidava de que Frederico fora destinado pelos céus para levar a cabo o destino que parecia pairar sobre sua casa. Mirando com ansiosa ternura Matilda, uma lágrima silenciosa escorreu por sua face; mas, recompondo-se, ela disse:

– Prossiga, meu senhor, o céu nada faz em vão: os mortais têm que obedecer às ordens divinas com humildade e submissão. É nosso dever sujeitarmo-nos à sua ira, curvarmo-nos a seus decretos. Repita a sentença, meu senhor: ouviremos, resignadas.

Frederico ficou penalizado de ter avançado até aquele ponto. A digna e paciente firmeza de Hipólita infundiram-lhe profundo respeito, e o terno afeto silencioso com o qual a princesa e sua filha miravam-se uma à outra quase o fez derramar-se em lágrimas. No entanto, receoso de que sua recusa em obedecer fosse ainda mais alarmante, ele repetiu, com a voz sussurrante e entrecortada, os seguintes versos:

Onde achar o elmo que com esta espada condiz,

Rodeada de perigos encontrará a filha amada:

Só o sangue de Afonso pode salvá-la; e acalmar

O espectro que há tanto tempo ronda, inquieto.

– Que há nesses versos – disse Teodoro impacientemente – que diz respeito a estas princesas? Por que deveriam ficar chocadas com essa misteriosa extravagância, que tem tão pouca razão de ser?

– Suas palavras são rudes, meu rapaz – disse o marquês, – e, embora a sorte o tenha favorecido uma vez...

– Meu honrado senhor – disse Isabela, sentida com o ardor de Teodoro, que percebia ser ditado por seus sentimentos para com Matilda, – não se desgaste com os equívocos de um filho de camponês: ele se esqueceu da reverência que lhe deve; pois não está acostumado...

Hipólita, preocupada com a tensa atmosfera que se havia instalado, censurou Teodoro por sua ousadia, mas demonstrando apreço por seu zelo. Mudando o rumo da conversa, perguntou a Frederico onde havia deixado seu marido e senhor. Quando o marquês ia responder, ouviram um barulho do lado de fora. Erguendo-se para indagar a causa, Manfredo, Jerônimo e parte da tropa, que tinham ouvido alguns rumores do que se passara, entraram no aposento. Manfredo avançou rapidamente em direção à cama de Frederico para se condoer junto com este de seu infortúnio e também para conhecer as circunstâncias do combate, quando, num transe de terror e surpresa, ele gritou:

– Ah! Você está aqui! Você, seu horrível espectro! Chegou a minha hora?

– Meu muito querido e nobre senhor – gritou Hipólita, amparando-o em seus braços. – Que está havendo? Por que tem os olhos assim saltados?

– O quê? – gritou Manfredo sem fôlego. – Não está vendo nada, Hipólita? Será que este horripilante fantasma foi enviado só para mim... para mim que não...

– Pela graça divina – disse Hipólita, – controle-se, domine a sua razão. Não há ninguém aqui exceto nós, seus amigos.

– O quê? Este não é Afonso! – gritou Manfredo – Vocês não estão vendo? Será um delírio de minha mente?

– Este, meu senhor – disse Hipólita, – este é Teodoro, aquele rapaz tão desafortunado...

– Teodoro! – disse Manfredo tristemente e levando a mão à testa – Teodoro, ou um fantasma, ele perturba a alma de Manfredo... Mas como chegou até aqui? E como está de armadura?

– Acredito que tenha ido à procura de Isabela – disse Hipólita.

– De Isabela? – tornou Manfredo, enfurecendo-se novamente. – Sim, sim, não há dúvida... Mas como escapou do cárcere em que eu o tinha metido? Foi Isabela, ou este velho padre hipócrita, que o libertou?

– E seria um pai um criminoso, meu senhor – disse Teodoro, – se tentasse libertar um filho seu?

Jerônimo, surpreso de ver-se assim de certo modo incriminado por seu filho, e sem fundamento algum, não sabia o que pensar. Ele não conseguia compreender como Teodoro pudera escapar, como obtivera aquela armadura e como se encontrara com Frederico. Ainda assim, ele não se aventurava a levantar nenhuma pergunta que pudesse inflamar a ira de Manfredo contra seu filho. O silêncio de Jerônimo convenceu Manfredo de que o religioso tinha ajudado Teodoro a escapar.

– E é assim, seu velho ingrato – disse o príncipe, dirigindo-se ao padre, – que você paga a generosidade minha e de Hipólita? E não contente em contrariar os mais caros desejos do meu coração, ainda armou este bastardo e o trouxe para cá, para meu próprio castelo, a insultar-me?

– Meu senhor – disse Teodoro, – está enganado quanto a meu pai, nem ele nem eu somos capazes de dar abrigo a um só pensamento que atente contra a sua paz. Será insolência de minha parte entregar-me assim à vontade de sua alteza? – acrescentou ele, depondo a sua espada respeitosamente aos pés de Manfredo. – Examine o meu peito, senhor; golpeie-o, se suspeita que algum pensamento desleal nele se aloja. Não há um só sentimento em meu coração gravado, que não renda veneração ao senhor e aos seus.

A graça e o fervor com os quais Teodoro pronunciou essas palavras valeram-lhe a benevolência de todos os presentes. Até mesmo Manfredo comoveu-se... No entanto, ainda possuído pela angústia que lhe advinha pela semelhança de Teodoro com Afonso, sua admiração estava tingida de um horror secreto.

– De pé – disse Manfredo. –Tirar-lhe a vida não é o meu propósito no momento... Mas, conte-me a sua história e como foi que se ligou a este velho traidor aqui.

– Meu senhor! – disse Jerônimo prontamente.

– Silêncio, impostor! – exclamou Manfredo. – Não quero que ninguém lhe insinue nada.

– Meu senhor – disse Teodoro, – não quero auxílio algum; minha história é muito breve. Fui levado com cinco anos de idade para Algiers, junto com minha mãe, que fora raptada por corsários na costa da Sicília. Ela morreu de desgosto em menos de um ano.

As lágrimas brotaram dos olhos de Jerônimo, em cujo rosto transpareceu uma avalanche de paixões angustiantes.

– Antes de morrer – continuou Teodoro, – enfiou um papel sob meu braço, debaixo das roupas, pelo qual vim a saber que era filho do Conde de Falconara.

– É a pura verdade – disse Jerônimo. – Sou aquele pobre pai.

– Peço-lhe, mais uma vez, que permaneça em silêncio – disse Manfredo. – Continue.

– Permaneci escravo – prosseguiu Teodoro – até dois anos atrás quando, acompanhando meu amo em suas navegações, fui libertado por uma embarcação cristã, que derrotou o pirata. Ao revelar a minha identidade ao capitão, este generosamente me deixou nas costas da Sicília. Mas ai!, ao invés de encontrar um pai, soube que sua propriedade, situada na costa, havia sido depredada durante a sua ausência pelo mesmo bandido que levara minha mãe e eu para o cativeiro. Seu castelo fora queimado e meu pai, ao retornar, vendeu tudo o que restava e abraçou a vida religiosa no reino de Nápoles, mas ninguém soube informar-me em que local exatamente. Sem posses, sem amigos, quase sem esperanças de algum dia ter a alegria de abraçar meu pai, na primeira oportunidade, embarquei rumo a Nápoles. De lá viajei durante seis dias até esta província, sustentando-me pelo trabalho de minhas mãos. Até ontem de manhã, não acreditava que o céu tivesse me reservado outra sorte que não a de minha própria consciência tranquila e uma digna pobreza. Esta, meu senhor, é a história de Teodoro. Fui agraciado muito além do que esperava ao encontrar meu pai; incorrer no desagrado de sua alteza é um infortúnio que ultrapassa os meus castigos.

Teodoro calou-se. Um murmúrio de aprovação ergueu-se lentamente entre os presentes.

– Isto não é tudo – disse Frederico. – Sinto-me obrigado a acrescentar o que ele omite. Embora ele seja modesto, eu devo ser generoso... É um dos jovens mais valorosos que existem em solo cristão. É afetuoso também; e, do pouco que o conheço, atesto que diz a verdade: se o que conta de si mesmo não fosse verdade, ele não o diria... e, no que me diz respeito, jovem, honro a honestidade que vem do seu nascimento. Mas agora, bem há pouco você me ofendeu; no entanto, o sangue nobre que corre em suas veias bem pode permitir-se que ferva, ainda mais quando há tão pouco tempo encontrou a sua própria fonte. Vamos, meu senhor – disse, voltando-se para Manfredo – se posso perdoá-lo, certamente também pode: não é culpa deste jovem, se você o tomou por um espectro.

Esse gracejo amargo irritou a alma de Manfredo.

– Se seres do outro mundo – replicou ele, com arrogância – têm força para impressionar a minha mente com seus horrores, isso é algo que nenhum homem vivo consegue, ainda mais um rapazola arma...

– Meu senhor – interrompeu Hipólita, – seu hóspede necessita de repouso; não é melhor que todos nós o deixemos descansar?

Dizendo isto e tomando Manfredo pela mão, ela pediu licença a Frederico para sair, e liderou todos os demais. O príncipe, satisfeito em abandonar aquela conversa em que se vira obrigado a revelar seus mais secretos sentimentos, deixou-se conduzir para os seus próprios aposentos; não antes de permitir que Teodoro se retirasse com seu pai para o convento, mas com a condição de que se apresentasse ao castelo na manhã seguinte, coisa que muito agradou ao jovem.

Matilda e Isabela estavam preocupadas mais consigo mesmas e muito pouco contentes uma com a outra para desejarem estender a conversa naquela noite. Separaram-se, dirigindo-se cada qual para o seu quarto, com mais expressões de cerimônia e poucas de afeto, do que era costume entre ambas desde o tempo de menina.

Se se separaram com pouca cordialidade, reencontraram-se ainda com maior impaciência, assim que o sol se levantou. Suas mentes estavam num estado tal que excluía o sono e cada uma repassou, durante a noite, uma infinidade de perguntas que desejava ter feito para a outra. Matilda refletiu que Isabela fora salva por Teodoro duas vezes em situações extremamente críticas, que ela não acreditava terem sido acidentais. É verdade que os olhos dele tinham se fixado nela, Matilda, durante todo o tempo no quarto de Frederico; mas isso poderia ter sido um meio para ocultar a sua paixão por Isabela de ambos os pais. Era melhor resolver essa situação. Ela queria saber a verdade, com medo de que pudesse enganar a sua amiga, alimentando uma paixão por seu amante. Assim o ciúme irrompeu, ao mesmo tempo que tomava emprestado uma desculpa à amizade para justificar a sua curiosidade.

Isabela, não menos irrequieta, tinha mais fundamentos para suas suspeitas. Tanto a língua como os olhos de Teodoro haviam confessado a paixão de seu coração, isso era verdade... Mas Matilda podia não corresponder à sua paixão... Ela sempre parecera insensível ao amor; todos os seus pensamentos pareciam voltar-se para os céus... Por que a dissuadi? – disse Isabela para si mesma. – Sou castigada por minha generosidade... Mas onde teriam eles se encontrado? Onde?... Não pode ser; devo estar enganada... Talvez ontem à noite tenha sido a primeira vez em que ambos se encontraram... Deve ser outro o alvo que atraiu os seus afetos... Se for, não sou tão infeliz quanto pensei; se não for minha amiga Matilda... Como? Posso então desejar a felicidade com um homem que, de modo tão rude e desnecessário, demonstrou sua indiferença? E isso no exato momento em que a mais simples cortesia pedia por expressões de civilidade. Irei até minha querida Matilda que concordará comigo... os homens são falsos... vou me aconselhar com ela se devo tomar o hábito: ela vai se alegrar de me ver com tal ânimo; e eu lhe direi que já não me oponho à sua inclinação para o claustro.

Com isso em mente e determinada a abrir totalmente seu coração para Matilda, dirigiu-se para o quarto da princesa, a quem já encontrou vestida e pensativa, com o rosto entre as mãos. Essa postura, que correspondia tão bem ao que ela mesma sentia, fez renascerem as suspeitas de Isabela e destruiu a confiança que ela intencionara depositar em sua amiga. Ambas coraram ao se encontrar; eram jovens demais para conseguir disfarçar suas emoções com formalidades. Depois de algumas perguntas e respostas insignificantes, Matilda indagou a Isabela a razão de sua fuga. Esta última, que quase se esquecera da paixão de Manfredo, de tão ocupada que estava com a sua própria, concluindo que Matilda havia se referido à última fuga do convento e que havia causado os eventos da noite precedente, retorquiu:

– Martelli anunciou no convento que sua mãe tinha morrido.

– Oh! – disse Matilda, interrompendo-a, – Bianca explicou-me o mal-entendido: vendo-me desmaiar, ela gritou: "A princesa morreu!" E Martelli, que passava pelo castelo para recolher a sua esmola de costume...

– E o que a fez desmaiar? – disse Isabel, sem prestar atenção a todo o resto.

Matilda corou, gaguejando:

– Meu pai... julgava um criminoso...

– Qual criminoso? – perguntou Isabela ansiosa.

– ... Um jovem – disse Matilda, – creio... penso que tenha sido aquele jovem que...

– O quê! Teodoro? – disse Isabela.

– Sim – respondeu ela. – Nunca o vi antes; não sei como ele ofendeu meu pai... mas, como ele prestou bons serviços a você, fico contente que meu senhor o tenha perdoado.

– Serviços a mim? – replicou Isabela. – Você chama de bons serviços ferir meu pai e quase causar a sua morte? Embora só ontem eu tenha recebido a bênção de conhecer um pai, espero que Matilda não pense que sou estranha ao afeto filial, de modo a não me magoar com os atos daquele rapaz audacioso, e que me seja impossível sentir qualquer afeição por alguém que ousou erguer seu braço contra o autor do meu ser. Não, Matilda, meu coração o detesta; e se você ainda mantém por mim a amizade que me devotou desde a infância, também odiará um homem que esteve a ponto de me fazer miserável para sempre.

Matilda manteve a cabeça baixa e respondeu:

– Espero que minha querida Isabela não duvide da amizade de Matilda: nunca havia posto meus olhos sobre aquele rapaz até ontem. Ele é quase um estranho para mim. Mas como os médicos declararam que seu pai está fora de perigo, você não deve abrigar sentimentos ruins contra alguém que, tenho certeza, não sabia que o marquês era seu pai.

– Você toma o seu partido muito enfaticamente – disse Isabela, – considerando que ele é um estranho para você! Estou enganada ou ele também lhe retribui esta afeição?

– Que você quer dizer? – disse Matilda.

– Nada – disse Isabela, arrependendo-se de ter dado a Matilda uma pista da inclinação de Teodoro por ela.

Assim, mudou o rumo da conversa e perguntou o que levara Manfredo a tomar Teodoro por um espectro.

– Deus meu! – exclamou Matilda. – Você não notou a sua extrema semelhança com o retrato de Afonso na galeria? Eu já o tinha apontado para Bianca antes mesmo de tê-lo visto de armadura; mas com o elmo, ele é a imagem mesma daquele quadro.

– Não presto muita atenção em quadros – disse Isabela, – e acho que não examinei este rapaz tão atentamente quanto você parece ter feito... Ah! Matilda, o seu coração está em perigo... mas deixe-me avisá-la, como amiga. Ele me confessou que está apaixonado: não pode ser por você, pois ontem foi a primeira vez que vocês se viram..., não foi?

– Certamente – respondeu Matilda. – Mas por que a minha querida Isabela conclui de minhas palavras que... – ela calou-se por uns instantes, depois continuou. – Ele a viu primeiro, e anda longe de mim a vaidade de acreditar que a minha pequena porção de encantos poderia atrair um coração devotado a você. Que você possa ser feliz, Isabela, qualquer que seja o destino de Matilda!...

– Minha adorável amiga – disse Isabela, cujo coração era puro demais para resistir a uma expressão de afeto, – é você a quem Teodoro admira; eu vi; tenho certeza disso; não permitirei que um pensamento de minha própria felicidade interfira com a sua.

Essa franqueza extraiu lágrimas da doce Matilda e o ciúme, que, por um instante, havia erguido uma atmosfera de frieza entre as duas adoráveis donzelas, logo cedeu à natural sinceridade e candura de suas almas. Cada uma confessou à outra a impressão que Teodoro lhe havia causado; e esta confidência foi seguida por um combate de generosidade, cada qual insistindo em ceder seu lugar à amiga. Por fim, o digno caráter de Isabela fez com que esta, recordando-se da preferência que Teodoro havia quase que declarado por sua rival, se resolvesse a dominar a sua paixão e ceder a pessoa amada à sua amiga.

Durante essa disputa amigável, Hipólita entrou no quarto de sua filha.

– A senhora – disse ela para Isabela – demonstra tanta afeição para com Matilda e revela interesse tão amável em tudo que diz respeito à nossa desafortunada casa, que não posso ter nenhum segredo com minha filha que você não possa ouvir.

As princesas eram todas atenção e expectativa.

– Saiba, então, senhora – continuou Hipólita, – e você, minha querida Matilda, que, estando totalmente convencida pelos acontecimentos desses dois últimos ominosos dias, é desígnio celeste que o cetro de Otranto passe das mãos de Manfredo para as do marquês Frederico, provavelmente fui inspirada com o pensamento de que se poderia evitar nossa inteira destruição pela união das duas casas rivais. Tendo isso em vista, propus a Manfredo, meu senhor, que entregasse a mão de minha querida, queridíssima filha, a Frederico, seu pai, Isabela.

– A minha mão para o senhor Frederico? – gritou Matilda... – ... Bom Deus! Graciosa mãe... e você mencionou isso a meu pai?

– Sim – disse Hipólita. – Ele ouviu com agrado minha proposta e ia expô-la ao marquês.

– Ah! pobre princesa! – gritou Isabela. – Que foi que fez? Que desgraça a sua inadvertida bondade está a preparar para si mesma, para mim e para Matilda!

– Eu a preparar a sua desgraça e a de minha filha?– exclamou Hipólita. – Que significa isso?

– Ai! – disse Isabela. – A pureza de seu próprio coração não a deixa enxergar a devassidão dos outros. Manfredo, seu esposo, aquele homem ímpio...

– Chega! – disse Hipólita. – Você não ouse em minha presença referir-se a Manfredo de modo desrespeitoso: ele é meu senhor e marido e...

– Mas não será por muito tempo – disse Isabela, se conseguir levar a cabo as suas perversas intenções.

– Suas palavras intrigam-me – disse Hipólita. Os seus sentimentos são fogosos, Isabela, mas até hoje eu nunca os vira levá-la assim até a intemperança. Que fez Manfredo que a autorize a tratá-lo assim como um criminoso, um assassino?

– Ah! minha princesa virtuosa e crédula demais! – replicou Isabela – Não é contra a sua vida que ele intenta... É separar-se de si que ele planeja! Divorciar-se!

– Di... divorciar-se?

– Divorciar-se de minha mãe?

Exclamaram Hipólita e Matilda a um só tempo.

– Sim – disse Isabela. – E para completar o seu crime, ele deseja... não consigo dizê-lo!

– Que pode ser ainda pior do que o que acaba de pronunciar? – indagou Matilda.

Hipólita permaneceu em silêncio. A angústia impedia-a de falar e a lembrança das últimas e ambíguas frases de Manfredo confirmou o que acabara de ouvir.

– Bondosa! Cara senhora! Mãe! – gritou Isabela, lançando-se aos pés de Hipólita num transe de emoção. – Acredite, confie em mim... Morrerei mil vezes antes de consentir em insultá-la, antes de ceder a tão odioso... oh!...

– Isto é demais! – gritou Hipólita. – A quantos crimes um só crime conduz! Levante-se, querida Isabela. Não duvido de sua honestidade. Oh! Matilda, este golpe é pesado demais para você! Não chore, menina; e nem mais uma palavra, ordeno-lhe! Lembre-se de que ele ainda é *seu pai*!

– Mas você também é minha mãe – disse Matilda, ardorosamente, – e *você* é honrada, *você* é inocente!... Oh! Então... então não tenho motivos para lamentar-me?

– Não deve – exclamou Hipólita. – Vamos, tudo ainda acabará bem. Manfredo, com a dor de perder o seu filho, não sabia o que estava dizendo; talvez Isabela o tenha compreendido mal. O seu coração é bom... e, minha filha, você não sabe de tudo. Há um destino que pende sobre nós. A mão da Providência está prestes a... Oh! Se eu pudesse salvá-las do naufrágio!... Sim – continuou ela num tom cheio de firmeza – talvez o meu sacrifício possa salvar a todos... Eu irei e me oferecerei a mim mesma para esse divórcio... Não importa o que aconteça comigo. Retirar-me-ei para o monastério vizinho e passarei o resto de minha vida entre orações e lágrimas por minha menina e... pelo príncipe!

– A senhora é boa demais para este mundo – disse Isabela, – tanto quanto Manfredo é execrável... Mas não pense, senhora, que a sua submissão determinará o meu comportamento. Juro... Ouçam-me vocês todos, anjos...

– Pare! Eu lhe peço – gritou Hipólita – Lembre-se de que você não depende de você mesma. Você tem um pai.

– Meu pai é por demais caridoso, por demais nobre – interrompeu Isabela – para ordenar uma ação ímpia. Mas se ele assim o ordenasse, pode um pai apreciar um ato amaldiçoado? Eu estava destinada ao filho, posso, então, casar-me com o pai?... Não, senhora, não. Força alguma me arrastaria ao odioso leito de Manfredo. Eu o detesto, abomino-o: todas as leis humanas e divinas o proíbem... E minha amiga, minha querida Matilda! Iria eu ferir a sua terna alma, causando algum insulto à sua adorada mãe? Minha própria mãe... Eu nunca conheci nenhuma outra...

– Oh! Ela é a mãe de nós duas! – clamou Matilda. – Poderemos um dia, Isabela, será que poderemos, adorá-la demasiadamente?

– Minhas adoradas meninas – disse a comovida Hipólita, – a ternura de vocês duas sobrepuja-me... mas não devo ceder a ela. Não cabe a nós escolhermos por nós mesmas; o céu, nossos pais e nossos maridos devem decidir por nós. Tenham paciência até que saibam o que foi que Manfredo e Frederico determinaram. Se o marquês aceitar a mão de Matilda, sei que ela obedecerá prontamente. A vontade divina pode interpôr-se e evitar o resto. Mas que significa isso, minha filha? – continuou ela, vendo Matilda cair a seus pés numa torrente de lágrimas. – Mas não; não me responda, minha filha. Não devo ouvir uma palavra que não seja do agrado de seu pai.

– Oh! Não duvide de minha obediência, da minha terrível obediência a ele e a você! – disse Matilda. – Mas posso eu, oh mais respeitável das mulheres, posso eu provar toda esta ternura, este mundo de bondade, e ocultar um pensamento da mais doce das mães?

– Que dirá? – irrompeu Isabela a tremer. – Controle-se, Matilda.

– Não, Isabela – disse a princesa. – Não estaria à altura dessa incomparável mãe, se os mais profundos recessos da minha alma dessem abrigo a um pensamento sem sua permissão... Não, eu a ofendi. Deixei que uma paixão entrasse em meu peito sem o seu consentimento... Mas aqui eu a revelo, aqui confesso ao céu e...

– Minha filha! Minha filha! – disse Hipólita. – Que palavras são essas? Que novas calamidades o destino nos reserva? Você, uma paixão? Você, nesta hora de destruição...

– Oh! Estou vendo toda a minha culpa ! – disse Matilda. – Eu me amaldiçoo por causar à minha mãe mais esta dor. Ela é a coisa mais cara que tenho neste mundo... Oh! Nunca, nunca mais o verei!

– Isabela – disse Hipólita, – você está a par desse triste segredo, qualquer que ele seja. Fale...

– O quê? – gritou Matilda. – Será que contrariei a tal ponto o amor de minha mãe que não irá nem mesmo permitir que eu confesse a minha própria culpa? Oh! Triste, triste Matilda!

– Você está sendo muito cruel – disse Isabela para Hipólita. – Consegue contemplar a angústia dessa mente virtuosa e não sentir piedade?

– Não se lamente, minha filha! – exclamou Hipólita, estreitando Matilda em seus braços. – Oh! Sei como ela é bondosa, como é honrada, toda ternura e cumpridora de seus deveres. Eu a perdoo, minha excelente, minha única esperança!

As princesas então revelaram a Hipólita a atração que ambas sentiam por Teodoro e a intenção de Isabela de renunciar a tal paixão em prol de Matilda. Hipólita reprovou-lhes a falta de recato e demonstrou-lhes a improbabilidade de que cada um dos pais consentisse em entregar sua herdeira a um homem tão pobre, ainda que de sangue nobre. Tirou algum conforto em saber que tal paixão era ainda tão recente e que Teodoro tinha poucas razões para suspeitar de sua existência. Ela deu ordens estritas de que evitassem toda comunicação com ele. Matilda prometeu fervorosamente; mas Isabela, dizendo a si mesma que iria apenas promover a união dele com sua amiga, não se decidiu a evitá-lo e nada respondeu.

– Irei ao convento – disse Hipólita – e pedirei que rezem novas missas para que nos salvem dessas calamidades.

– Oh minha mãe! – exclamou Matilda – Você pretende deixar-nos: pretende tomar o hábito e dar a meu pai uma oportunidade de cumprir os seus desígnios fatais? Ai! De joelhos, imploro que não faça isto... Deixar-me-á então como uma presa à mercê de Frederico? Seguirei seus passos para o convento.

– Fique em paz, minha menina – tornou Hipólita. – Voltarei imediatamente. Nunca a abandonarei, a menos que seja a vontade dos céus e para o seu próprio benefício.

– Não me engane – disse Matilda. – Não me casarei com Frederico até que você o ordene. Ai! Que será de mim?

– Por que está agindo assim? – disse Hipólita. Dei-lhe a minha palavra de que voltarei.

– Ah, minha mãe – replicou Matilda, – fique e salve-me de mim mesma. Um aceno de sua cabeça pode mais do que toda a severidade do meu pai. Entreguei meu coração e só você pode trazê-lo de volta.

– Nunca mais – disse Hipólita, – você deve descuidar-se, Matilda.

– Posso deixar Teodoro – disse ela, – mas devo casar-me com outro? Deixe-me acompanhá-la ao convento e lá refugiar-me para sempre deste mundo.

– A sua sorte depende do seu pai – disse Hipólita. – Empreguei mal o meu afeto, se este alguma vez me ensinou a reverenciar alguém que não o seu pai. Adeus, minha menina! Parto, para rezar por você.

O verdadeiro propósito de Hipólita era perguntar a Jerônimo se, em sã consciência, ela poderia ou não consentir no divórcio. Ela muitas vezes insistira com Manfredo para que renunciasse ao Principado, pois a sua fina consciência o considerava um fardo constante para ela. Tais escrúpulos conjuminavam-se para fazer com que a separação de seu marido se mostrasse menos terrivel para ela do que teria parecido em qualquer outra situação.

Jerônimo, deixando o castelo durante a noite, tinha interrogado Teodoro severamente sobre a razão de tê-lo acusado diante de Manfredo de ser cúmplice de sua fuga. Teodoro admitiu que tivera intenção de evitar que as suspeitas do príncipe caíssem sobre Matilda; e acrescentou que a santidade da vida e do caráter de Jerônimo o protegiam da cólera do tirano. Jerônimo ficou profundamente pesaroso ao conhecer o afeto de seu filho por aquela princesa e, deixando que descansasse. prometeu que, de manhã, o faria saber de importantes razões para que dominasse tal paixão. Teodoro, tal como Isabela, ainda estava muito pouco familiarizado com a autoridade paterna para submeter-se às suas decisões contra os impulsos de seu próprio coração. Não tinha muita curiosidade em conhecer as razões do monge e muito menos disposição para obedecê-las. A adorável Matilda havia provocado nele impressões mais poderosas do que a afeição filial. Durante toda a noite, Teodoro deleitou-se com visões de amor; e não foi senão depois do serviço religioso matinal que ele se rendeu às ordens do padre de encontrá-lo diante do túmulo de Afonso.

– Meu rapaz – disse Jerônimo quando o viu, – este atraso não me agrada. Então os mandamentos de um pai já pesam tão pouco?

Teodoro procurou desculpar-se desajeitadamente e atribuiu a sua demora a um excesso de sono.

– E sobre quem se demoraram os seus sonhos? – indagou o padre rispidamente.

Seu filho corou.

– Vamos, vamos – retomou o padre. – Jovem insensato, isto não pode ser. Erradique do seu peito esta paixão culpada.

– Paixão culpada! – gritou Teodoro – Que tem a culpa a ver com a beleza inocente e a honrada modéstia?

– É pecaminoso – replicou o padre – nutrir afeto por aqueles que o céu destinou à destruição. A raça de um tirano deve ser varrida da face da terra até a terceira ou quarta geração.

– Então o céu castiga o inocente pelos crimes do culpado? – clamou Teodoro. – A linda Matilda tem qualidades suficientes...

– Para destruí-lo – interrompeu Jerônimo – Você já esqueceu que o bárbaro Manfredo já pronunciou a sua sentença de morte duas vezes?

– Nem me esqueci, senhor – disse Teodoro, – de que foi a caridade de sua filha que me libertou de seu poder. Posso esquecer as injúrias, mas nunca os atos bons.

– As injúrias que você sofreu da raça de Manfredo – disse o padre – estão muito além do que você pode conceber... Não me responda, mas contemple esta santa imagem! Debaixo deste monumento de mármore, descansam as cinzas do bom Afonso, um príncipe dotado de todas as qualidades: o pai de seu povo! A alegria da humanidade! Ajoelhe-se, seu cabeça-dura, e ouça, enquanto seu pai lhe revela uma história de horror que expulsará todo o sentimento de sua alma, exceto os impulsos de sagrada vingança... Afonso! Príncipe por demais injustiçado! Deixe que o seu espectro insatisfeito permaneça nos ares convulsos, enquanto meus lábios trêmulos... Ah! Quem vem aí?

– A mais miserável das mulheres – respondeu Hipólita, entrando no coro. – Bom padre, o senhor tem tempo para me ouvir?... Mas o que faz aqui este jovem ajoelhado? Que significa este horror impresso em cada semblante? Por que nesta tumba venerável... Ai! Vocês viram alguma coisa?

– Estávamos dirigindo nossas orações ao céu – respondeu o padre um tanto confuso – para que ponham fim às desgraças desta pobre província. Junte-se a nós, senhora! A sua alma sem mácula pode obter algum perdão dos juízos que os prodígios desses últimos dias revelam tão claramente contra a sua casa.

– Rezo ardentemente ao céu para que os afaste – disse a piedosa princesa. – Você bem sabe que tem sido a ocupação de toda a minha vida pedir bênçãos a Deus para meu marido e minhas inocentes crianças... Uma, ai!, foi levada de mim! Que o céu proteja a minha pobre Matilda! Padre, interceda por ela!

– Todos os corações a abençoam! – gritou Teodoro arrebatado.

– Cale-se, insensato! – disse Jerônimo. – E você, boa princesa, não lute contra os poderes do Altíssimo! O Senhor deu e o Senhor tira: bendiga o seu santo nome e obedeça aos seus decretos.

– É o que faço com toda a devoção – disse Hipólita. – Mas não irá Ele poupar o meu único conforto? Terá Matilda que perecer também?... Ah, padre, vim... Mas peça que seu filho se retire. Nenhum outro ouvido além do seu pode escutar o que tenho a dizer.

– Que o céu lhe conceda todos os seus desejos, excelente princesa! – disse Teodoro, retirando-se.

Jerônimo franziu o semblante.

Hipólita então revelou ao padre a proposta que fizera a Manfredo, de dar a mão de Matilda em casamento a Frederico, e a sua aprovação. Jerônimo não conseguiu esconder o seu mal-estar diante deste assunto, mas tentou dissimular, afirmando a improbabilidade de que Frederico, o mais próximo em sangue a Afonso, e que viera para reclamar o trono, cedesse a uma aliança com o usurpador de seu direito. Mas nada chegou aos pés da perplexidade do padre, quando Hipólita confessou que estava pronta a não se opor à separação de Manfredo e perguntou a sua opinião quanto à legalidade de sua aquiescência. O padre valeu-se rapidamente do seu pedido de conselho e, sem explicar a sua aversão ao proposto casamento entre Manfredo e Isabela, pintou para Hipólita, com as cores mais terríveis, o aspecto pecaminoso de seu consentimento; anunciou-lhe castigos se ela assim agisse e admoestou-lhe, nos termos mais severos, para que se recusasse indignadamente a qualquer ato nesse sentido.

Manfredo, enquanto isso, havia levado a sua ideia ao conhecimento de Frederico e proposto um duplo casamento. Aquele príncipe fraco, que ficara impressionado com os encantos de Matilda, ouviu avidamente a oferta. Esqueceu sua inimizade com Manfredo, o qual agora ele tinha poucas esperanças de destronar através da força; e, dizendo a si mesmo que não haveria mal algum em unir sua filha ao tirano, encarava a sua própria sucessão ao principado como que facilitada pelo casamento com Matilda. Fez uma leve objeção à proposta, afetando, apenas formalmente, que não concordaria a menos que Hipólita consentisse no divórcio. Manfredo disse que se encarregaria da questão. Entusiasmado com seu sucesso e impaciente de ver-se logo em condição de esperar filhos, correu para o quarto de sua esposa, determinado a extorquir-lhe o seu consentimento. Ficou indignado ao saber que ela estava no convento. A sua culpa sugeriu-lhe que ela fora provavelmente avisada por Isabela de suas intenções. Não sabia ao certo se a sua ida ao convento não implicava o desejo de lá permanecer até que esta pudesse levantar obstáculos ao seu divórcio. As suspeitas que ele já alimentara contra Jerônimo fizeram-no compreender que o padre não só iria opor-se a seus objetivos, mas poderia ter inspirado Hipólita para que se refugiasse no santuário. Impaciente por desvendar essa intriga e evitar o seu sucesso, Manfredo correu para o convento, chegando lá no exato instante em que o padre exortava encarecidamente a princesa a nunca consentir no divórcio.

– Senhora – disse Manfredo, – que negócios a trazem aqui? Por que não esperou o meu retorno?

– Vim, a fim de implorar uma bênção para as suas resoluções – respondeu Hipólita.

– As minhas resoluções não precisam da intervenção de um padre – exclamou Manfredo. – Será que de todos os mortais este velho traidor é o único com quem você se compraz em conversar?

– Príncipe profano! – disse Jerônimo. – É aos pés do altar que vem insultar um servo de Deus?... Mas, Manfredo, seus planos perversos já são conhecidos. O céu e esta virtuosa princesa já o conhecem. Não, não faça caretas, príncipe. A Igreja não teme as suas ameaças. Seus trovões serão ouvidos muito acima de suas cóleras. Ouse levar adiante o seu maldito desígnio de divorciar-se, até que o veredito da Igreja seja revelado, e aqui lanço o anátema sobre a sua cabeça.

– Rebelde audacioso! – exclamou Manfredo, tentando esconder o pavor que as palavras do padre lhe inspiravam. – Então pensa que ameaçará seu legítimo príncipe?

– Você não é um príncipe legítimo – disse Jerônimo; – você não é nenhum príncipe... Vá adiante, discuta seus negócios com Frederico e quando isso estiver selado...

– Está selado – replicou Manfredo: – Frederico aceita Matilda em casamento e concorda em abrir mão de sua exigência ao trono, a menos que eu não tenha nenhum rebento varão.

Quando pronunciou essas palavras, três gotas de sangue pingaram do nariz da estátua de Afonso. Manfredo empalideceu e a princesa caiu de joelhos.

– Olhem bem! – disse o padre. – Olhem este sinal miraculoso de que o sangue de Afonso nunca se misturará com o de Manfredo!

– Gracioso senhor – disse Hipólita, – resignemo-nos à vontade do céu. Não pense que esta esposa, sempre devotada, rebela-se contra a sua autoridade. Não tenho outra vontade que não a de meu marido e da Igreja. Apelemos a este santo tribunal. Não depende de nós romper os laços que nos uniram. Se a Igreja aprovar a dissolução do nosso casamento, que assim seja... Restam-me apenas alguns anos, os mais tristes, para passar. Onde poderiam ser melhor empregados do que aos pés deste altar, em orações pela sua salvação e a de Matilda?

– Mas você não permanecerá aqui até essa hora – disse Manfredo. – Retorne comigo ao castelo e lá tomarei as medidas necessárias para o divórcio... E este padre intrometido não nos acompanhará; a minha hospitalidade nunca mais há de abrigar um traidor... e quanto ao fruto de sua reverência – continuou ele, – está expulso de meus domínios. Ele, suponho, não é um santo, nem está sob a proteção da igreja. Quem quer que se case com Isabela, não será o filho arrivista de um Falconara.

– Arrivistas – disse o padre – são aqueles que de um momento para outro se apoderam da coroa de príncipes legítimos; mas que passam como a grama e em seu lugar nada resta.

Manfredo, lançando um olhar de desprezo ao monge, saiu conduzindo Hipólita; mas, à porta da igreja, sussurrou para um de seus homens que permanecesse escondido no convento e lhe avisasse imediatamente, se qualquer um do castelo aparecesse por lá.

CAPÍTULO V

Quanto mais Manfredo refletia acerca do comportamento do padre, mais se convencia de que Jerônimo estava a par de um amor entre Isabela e Teodoro. Porém, aquela sua nova atitude, tão diferente da sua docilidade anterior, causou-lhe ainda maiores apreensões. O príncipe suspeitava até mesmo que o padre dependia de algum apoio secreto de Frederico, cuja chegada, coincidindo com a nova aparição de Teodoro, parecia confirmar tal correspondência. Mais perturbado ainda se sentia quando considerava a semelhança de Teodoro com o retrato de Afonso. Este último, ele não tinha dúvida alguma, morrera sem deixar herdeiros. Frederico tinha consentido, em entregar Isabela a ele. Tantas contradições martelavam sua cabeça com um sem número de aflições. Vislumbrou apenas duas maneiras de ver-se livre de suas dificuldades. Uma era renunciar a seus domínios em prol do marquês. Mas o orgulho, a ambição e a crença numa antiga profecia, que acenava com uma possibilidade de preservá-los para a sua descendência, opunham-se a tal pensamento. A outra era levar adiante rapidamente o seu casamento com Isabela.

Depois de ruminar por longo tempo esses angustiantes pensamentos, enquanto se encaminhava silenciosamente ao lado de Hipólita para o castelo, ele finalmente expôs à princesa a causa de sua inquietude, empregando todas as insinuações e todo argumento plausível para obter o seu consentimento quanto ao divórcio, e até mesmo a sua promessa de promovê-lo. Hipólita não precisava de muita persuasão para curvar-se aos seus desejos. No início, tentou convencê-lo de que seria melhor se renunciasse a seus domínios; mas, percebendo que eram inúteis as suas exortações, finalmente assegurou-o de que, na medida em que a sua consciência o permitisse, ela não iria erguer obstáculos à separação, embora, sem escrúpulos tão bem fundamentados quanto os que ele havia alegado, não tomaria a iniciativa de pedi-la.

Este acordo, embora não inteiramente satisfatório, bastou para reacender as esperanças de Manfredo. Confiava que seu poder e riqueza fariam com que seu pedido fosse rapidamente encaminhado à corte de Roma, de modo que resolveu obter o compromisso de Frederico de viajar para esse fim. O marquês se descobrira de tal forma apaixonado por Matilda, que Manfredo esperava obter dele tudo o que desejava; acenando com os encantos de sua filha, conforme o marquês se mostrasse mais ou menos disposto a colaborar com suas intenções. Mesmo a ausência de Frederico já seria um ponto material ganho até que ele pudesse tomar outras medidas para garantir a sua segurança.

Despachando Hipólita para os seus aposentos, ele rumou para os do marquês. Mas ao cruzar o grande saguão deparou-se com Bianca. Aquela rapariga, ele sabia, era confidente de ambas as princesas. Imediatamente veio-lhe à mente a ideia de sondá-la a respeito das relações de Isabela e Teodoro. Chamando-a de lado junto ao recesso de uma das janelas e conquistando sua confiança com belas palavras e muitas promessas, perguntou se sabia alguma coisa do estado afetivo de Isabela.

– Eu! Meu senhor? Não, senhor... Sim, senhor... Pobre princesa! ela está terrivelmente procupada com os ferimentos de seu pai; embora eu lhe diga que ele se sairá muito bem, sua alteza também não pensa assim?

– Não estou perguntando – retorquiu Manfredo – o que ela acha do estado de seu pai. Você conhece os seus segredos. Vamos, seja uma boa menina e me diga, por acaso há algum rapaz... hã?... você me entende.

– Deus me abençoe! se entendo a sua alteza? Não, eu não. Só recomendei algumas ervas curativas e repouso...

– Não falo de seu pai – retorquiu o príncipe impaciente. – Sei que ele se curará.

– Graças a Deus! Alegra-me ouvir sua alteza dizer isso; pois, embora eu pensasse que não devia afligir ainda mais a princesa, achei que o seu nobre pai estava assim um tanto pálido e tinha algo como que... Eu me lembro quando o jovem Ferdinando foi ferido pelo Veneziano.

– Você está fugindo do assunto – interrompeu Manfredo, – mas, pronto, tome aqui esta joia e talvez isso a ajude a concentrar sua atenção... Não, nada de obrigado; os meus presentes não pararão por aqui... Vamos, diga-me verdadeiramente: como está o coração de Isabela?

– Bem, sua alteza tem um tal jeito – disse Bianca; – para falar a verdade... Mas será que sua alteza sabe guardar segredos? Se um dia isso escapar-lhe pelos lábios...

– Não irá, não irá – gritou Manfredo.

– Não; mas jure, sua alteza... por tudo quanto é sagrado que, se algum dia alguém souber que eu disse... Bem, a verdade é a verdade. Nunca achei que a minha senhora Isabela sentisse muita afeição por meu jovem senhor, o seu filho; e ele era um garoto adorável, como qualquer um pode ver. Tenho certeza de que, se eu fosse uma princesa... Mas Deus meu! Tenho que ir ao encontro de minha senhora Matilda; ela deve estar perguntando o que se passou comigo.

– Fique! – gritou Manfredo. – Você ainda não respondeu à minha pergunta. Alguma vez você já levou alguma mensagem, alguma carta?

– Eu? Pela graça de Deus! – exclamou Bianca. Eu, levar uma carta? Eu nunca seria uma rainha. Espero que sua alteza saiba que, embora eu seja pobre, sou honesta. Sua alteza nunca ouviu o que o Conde Marsigli ofereceu-me, quando ele veio cortejar a minha senhora Matilda?

– Não tenho tempo – disse Manfredo – para perder com suas histórias. Não questiono a sua honestidade; mas é seu dever não ocultar nada de mim. Há quanto tempo Isabela conhece Teodoro?

– Ah! Não há nada que escape a sua alteza – disse Bianca. – Não que eu saiba de alguma coisa. Teodoro, com toda certeza, é um rapaz muito bem-apanhado e, como diz a minha senhora Matilda, é a cara mesma do bom Afonso. Sua alteza já reparou nisso?

– Já! Já!... Não... Você está me torturando – disse Manfredo. – Onde foi que se encontraram? Quando?

– ... Quem? A minha senhora Matilda? – perguntou Bianca.

– Não, não, Matilda não. Isabela. Quando foi que Isabela se encontrou pela primeira vez com esse tal Teodoro?

– Virgem Maria! Como eu poderia saber?

– Você sabe – insistiu Manfredo – e eu tenho que saber. Eu vou saber.

– Senhor! Sua alteza não está com ciúmes do jovem Teodoro? – exclamou Bianca.

– Com ciúmes! Não, não. Por que eu deveria estar com ciúmes?... Talvez eu esteja pensando em uni-los... se estiver certo de que tal ideia não repugnaria a Isabela.

– Repugnar? Não, eu lhe garanto. – disse Bianca. – Ele é o mais belo mancebo que já pisou neste chão cristão. Nós todas estamos enamoradas dele. Não há uma só alma neste castelo que não se alegraria de tê-lo como príncipe... Isto é, quando chegar a hora de o céu chamar sua alteza...

– É mesmo? – disse Manfredo. – As coisas já chegaram a este ponto? Oh, este maldito padre!... Mas não devo perder tempo... Vá, Bianca, vá servir Isabela; mas lhe ordeno, nem uma palavra a respeito do que se passou aqui. Descubra como ela se sente com relação a Teodoro; traga-me boas notícias e esse anel ganhará um companheiro. Espere sob a escada em espiral: agora conversarei com o marquês e falarei mais com você quando eu voltar.

Manfredo, depois de uma troca de generalidades, pediu que Frederico dispensasse os dois cavaleiros que lhe faziam companhia, uma vez que tinha negócios urgentes a tratar. Assim que ficaram a sós, começou habilmente a sondar o marquês em relação a Matilda e, notando que este estava disposto a dar seguimento aos seus desejos, principiou a dar pistas sobre as dificuldades que haveria na celebração daquele casamento, a menos que...

Naquele instante Bianca irrompeu na sala, o olhar esbugalhado e gestos que traduziam o mais desesperado terror.

– Oh! Meu senhor! Meu senhor! – gritou ela. Estamos todos acabados! Ele voltou! Ele voltou!

– O que voltou? – gritou Manfredo, perplexo.

– Oh! A mão! O gigante! A mão!... Ajude-me! Estou a ponto de perder os sentidos! – gritou Bianca. – Não dormirei no castelo hoje à noite. Para onde irei? As minhas coisas podem vir depois, amanhã... Ah, se eu tivesse aceitado casar-me com Francesco! É isto que custa a ambição!...

– Que a aterrorizou a este ponto, meninota? – indagou o marquês. – Aqui você está a salvo; não se preocupe.

– Oh! A sua majestade é muito boa – disse Bianca; – mas não tenho coragem... Não, por favor, deixem-me ir... Prefiro deixar tudo para trás a ficar mais uma hora debaixo deste teto.

– Então vá, você perdeu a cabeça – disse Manfredo. – Não nos interrompa; tratávamos de assuntos importantes... Caro senhor, esta pobre coitada costuma ter ataques... Venha comigo, Bianca.

– Oh! Os santos! Não – disse Bianca. – Eles, com certeza, vieram alertar sua alteza; por que outra razão deveriam aparecer para mim? Digo minhas orações todo dia pela manhã e à noite... oh! se sua alteza tivesse acreditado em Diego! É a mesma mão da qual ele viu o pé no quarto da galeria... O padre Jerônimo sempre disse que a profecia iria cumprir-se um desses dias...

– Bianca – disse ele. – Preste bem atenção às minhas palavras... Você está delirando – disse Manfredo, enraivecido. – Saia já e guarde essas loucuras para amedrontar os seus companheiros.

– O quê! meu senhor – gritou Bianca. – Então pensa que eu nada vi? "Vá para debaixo da escada em espiral" foi o que me disse... Assim como estou viva, eu o vi.

– Viu o quê? Diga-nos, cara jovem, que foi que você viu? – interveio Frederico.

– Pode sua alteza dar atenção – tornou Manfredo – ao delírio de uma pobre coitada, que ouviu tantas histórias de fantasmas que agora chega a acreditar nelas?

– Isso é mais do que uma fantasia – disse o marquês. – O seu pavor é natural demais, forte demais, para ser fruto da imaginação. Diga-nos. cara jovem, que foi que a deixou assim?

– Sim, meu senhor, obrigado sua majestade – disse Bianca, – ... Devo estar muito pálida; já estarei melhor quando me recompor... Eu seguia para o quarto de minha senhora Isabela, conforme as ordens de sua alteza...

– Não queremos saber das circunstâncias – interrompeu Manfredo – uma vez que sua alteza o deseja, prossiga. Mas seja breve.

– Senhor, sua alteza se intromete tanto! – replicou Bianca – ... Temo que meu cabelo... tenho certeza de que nunca na minha vida... Bem, como eu dizia a sua majestade, estava indo, conforme as ordens de sua alteza, para o aposento de minha senhora Isabela. Ela fica no quarto azul claro, na ala direita, há um lance de escadas. Assim, quando cheguei diante dos degraus, olhava para este presente de sua alteza.

– Santa paciência! – disse Manfredo – Será que essa moça nunca vai chegar ao ponto? Que importa para o marquês que eu lhe tenha dado uma bobagem como recompensa de seus leais serviços para com minha filha? Queremos saber o que você viu.

– É o que eu ia contar à sua alteza – disse Bianca, – se me permitir... Eu esfregava o anel, tenho certeza de que não tinha subido mais do que três degraus, quando ouvi o chacoalhar de uma armadura. Um tal ruído, o mesmo que Diego disse ter ouvido quando o gigante se voltou contra ele lá na galeria...

– Que ela quer dizer, meu senhor? – indagou o marquês – Então o seu castelo anda assombrado por gigantes e diabretes?

– O quê, meu senhor? Deus meu, então sua majestade não ouviu a história do gigante na galeria? – gritou Bianca. – Espanta-me que sua alteza não lhe tenha contado... Talvez não saiba que existe uma profecia...

– Essa baboseira é intolerável – interrompeu Manfredo. – Dispensemos esta pobre coitada, meu senhor: temos assuntos mais importantes a discutir.

– Com licença – disse Frederico, – isto não é baboseira. O enorme sabre que encontrei no bosque; aquele elmo lá embaixo, que é seu companheiro... Então serão eles também visões saídas da cabeça dessa pobre mocinha?

– É o que Jaquez pensa, se assim o agrada, majestade – disse Bianca. – Ele diz que não passará esta lua sem que presenciemos algum estranho acontecimento. De minha parte, não ficaria surpresa se acontecesse amanhã; pois, como eu ia dizendo, quando ouvi o chacoalhar da armadura, comecei a suar frio... Olhei para cima e, se sua majestade me acreditar, vi sobre o último corrimão da grande escadaria a mão de uma armadura tão grande, tão grande... Pensei que ia desmaiar... Não parei de correr até chegar aqui... Bem que eu gostaria de estar bem longe deste castelo! Minha senhora Matilda disse-me ainda ontem pela manhã que a princesa Hipólita sabe de alguma coisa...

– Você é uma insolente! – gritou Manfredo, Senhor marquês, receio que toda esta cena tenha sido armada para causar-me afronta. Então, meus próprios servos estão sendo subornados para espalhar histórias que insultam a minha honra? Reclame os seus direitos por meios viris; ou então, sepultemos nossas disputas, conforme tinha sido combinado, com o casamento de nossas filhas. Mas, acredite-me, não fica bem a um príncipe da sua estirpe ser assim influenciado por raparigas mercenárias.

– Refuto tal imputação – disse Frederico; – até este momento, nunca tinha pousado os olhos nesta jovem. E não fui eu que lhe dei nenhuma joia!... Senhor, senhor, a sua consciência, a sua culpa, acusam-no e lançam suspeitas sobre mim... Mas guarde sua filha e não pense mais em Isabela: a sentença que já caiu sobre sua casa proíbe-me de tomar parte nisso.

Manfredo, alarmado com o tom resoluto com que Frederico pronunciou essas palavras, esforçou-se por acalmá-lo. Dispensando Bianca, fez tais reverências ao marquês e lançou elogios tão habilidosos a Matilda que Frederico, uma vez mais, vacilou. No entanto, como sua paixão era ainda tão recente, não podia suplantar, de uma só vez, todos os escrúpulos que ele havia concebido. Compreendera o suficiente das palavras de Bianca para convencer-se de que o próprio céu declarava-se contra Manfredo. Os casamentos propostos também adiavam por muito tempo a sua posse do trono, e o Principado de Otranto era uma tentação mais forte do que ter que o dividir com Matilda. Ainda assim, ele não se afastaria de uma vez de seus compromissos; mas intentando ganhar tempo, perguntou a Manfredo se de fato era verdade que Hipólita consentia no divórcio. O príncipe, exaltado ao descobrir que não havia nenhum outro obstáculo e que tudo dependia de sua influência sobre sua esposa, assegurou ao marquês que isso era verdade e que este poderia obter satisfação pessoalmente com a própria princesa.

Enquanto estavam assim conversando, foram informados de que o banquete estava servido. Manfredo conduziu Frederico ao grande saguão, onde foram recebidos por Hipólita e pelas jovens princesas. Manfredo colocou o marquês ao lado de Matilda e sentou-se ele mesmo entre sua esposa e Isabela. Hipólita comportava-se com nobre gravidade, mas as duas moças estavam silenciosas e melancólicas. Manfredo, determinado a dobrar o marquês até o fim daquela noite, animou a festa que se estendeu até tarde, afetando grande alegria e oferecendo a Frederico repetidos copos de vinho. Este último, mais reservado do que o desejava Manfredo, declinou os seus frequentes convites com o pretexto de suas recentes perdas de sangue. Enquanto isso, o príncipe, para levantar o seu próprio espírito desordenado e aparentar despreocupação, entregava-se a amplos goles, embora não a ponto de intoxicar inteiramente os sentidos.

Noite alta, o banquete terminou. Manfredo ter-se-ia recolhido juntamente com Frederico; mas este último, alegando fraqueza e necessidade de repouso, retirou-se para os seus aposentos, dizendo galantemente ao príncipe que sua filha o entreteria enquanto ele mesmo não pudesse fazê-lo. Manfredo acatou a ideia e, para profundo desagrado de Isabela, acompanhou-a até seus aposentos. Matilda esperou por sua mãe, para que aproveitassem juntas a aragem noturna nas muralhas do castelo.

Assim que o grupo se dissolveu, Frederico, deixando seu quarto, indagou se Hipólita estava sozinha. Um dos criados, que não a vira sair, disse que a tal hora ela geralmente se retirava para o seu oratório, ali ele provavelmente a encontraria. Durante o repasto, o marquês contemplara Matilda com paixão sempre crescente. Agora desejava encontrar Hipólita com a disposição de ânimo que seu marido prometera. Os prodígios que o tinham alarmado estavam agora esquecidos no meio do turbilhão dos seus desejos. Suavemente e sem que ninguém o visse, avançou para os aposentos de Hipólita, ali entrando, determinado a encorajar a sua aquiescência quanto ao divórcio; pois estava ciente de que Manfredo faria da posse de Isabela uma condição inalterável para entregar Matilda aos seus desejos.

O marquês não se surpreendeu com o silêncio que reinava nos aposentos da princesa. Concluiu, tal como lhe haviam dito, que esta estava em seu oratório, e seguiu adiante. A porta encontrava-se entreaberta; a noite, sombria e carregada. Empurrando a porta devagar, viu uma pessoa ajoelhada diante do altar. Quando chegou mais perto, percebeu que o vulto não parecia uma mulher, mas alguém trajando um longo capote de lã, as costas voltadas para o marquês. A pessoa parecia inteiramente absorvida em suas orações. O marquês estava a ponto de sair, quando a figura, erguendo-se, parou por alguns instantes como que meditando, sem o encarar fixamente. O marquês, esperando que aquela santa pessoa se aproximasse e querendo desculpar-se por sua interrupção pouco educada, disse:

– Reverendo padre, estou à procura da senhora Hipólita.

– Hipólita! – respondeu uma voz cavernosa. – Então você veio a este castelo para procurar a senhora Hipólita?

E então, o vulto, virando-se lentamente, exibiu para Frederico as mandíbulas descarnadas e as órbitas vazias de um esqueleto, embrulhado no manto de um ermitão.

– Anjos da graça, protejam-me! – gritou Frederico, recuando.

– Faça por merecer sua proteção – completou o espectro.

Frederico, caindo de joelhos, implorou ao fantasma que tivesse piedade dele.

– Você não se lembra de mim? – disse a aparição.– Lembre-se do bosque de Joppa!

– Você é aquele santo ermitão? – exclamou Frederico a tremer. – Posso fazer algo pela sua paz eterna?

– Então você foi libertado do cativeiro – disse o espectro, – para se entregar aos deleites carnais? Já se esqueceu da espada enterrada e da profecia divina nela gravada?

– Não, não me esqueci – disse Frederico. – Mas diga, abençoado espírito, que mandamento tem para mim? Que há ainda para ser feito?

– Esqueça Matilda! – disse a aparição. E desapareceu.

O sangue de Frederico congelou em suas veias. Por alguns minutos permaneceu imóvel. Então, caindo prostrado, a face diante do altar, implorou a intercessão de todos os santos para que o perdoassem. Uma torrente de lágrimas seguiu-se à sua comoção, e a imagem da linda Matilda precipitou-se em seus pensamentos contra a sua vontade; ali permaneceu caído, num conflito entre a penitência e a paixão.

Antes que pudesse recompor-se de tal estado de agonia espiritual, a princesa Hipólita, com uma vela na mão, entrou sozinha no oratório. Vendo um homem caído no chão, ela deixou escapar um grito, achando que ele estava morto. Seu susto trouxe Frederico de volta a si. Erguendo-se rapidamente, sua face banhada de lágrimas, ele teria fugido de sua presença; mas Hipólita, detendo-o, suplicou-lhe que explicasse a razão de sua desordem e por qual estranha circunstância ela o encontrara ali, naquela postura.

– Ah! Virtuosa princesa!... – disse o marquês, perpassado de dor; e estancou.

– Pelo amor de Deus, meu senhor – clamou Hipólita, – revele a causa dessa tortura! Que significam esses suspiros pesarosos, esse tom alarmado ao pronunciar meu nome? Que desgraças tem o céu ainda guardadas para a mísera Hipólita?... Ainda queda em silêncio?... Por todos os anjos compassivos, conjuro-lhe, oh nobre príncipe – continuou ela, caindo a seus pés, – a revelar o propósito que jaz em seu coração... Vejo que se condói por mim, que se condói pelas duras penas que me infligiu... Fale, por piedade!... Aquilo que sabe diz respeito à minha filha?

Não posso falar – gritou Frederico, fugindo bruscamente. – Oh! Matilda!

Deixando a princesa assim de modo tão abrupto, ele correu para o seu próprio quarto. À porta, foi abordado por Manfredo, o qual, intoxicado de vinho e amor, viera à sua procura para passarem algumas horas da noite entregues à música e à farra. Frederico, ofendido com um convite tão alheio ao estado de ânimo em que se encontrava, empurrou-o rudemente para o lado e, entrando em seu quarto, bateu a porta intempestivamente contra Manfredo, trancando-a.

O orgulhoso príncipe, enfurecido diante deste comportamento injustificável, retirou-se num estado de espírito capaz dos excessos mais fatais. Enquanto atravessava o pátio, veio ao seu encontro aquele criado que ele havia deixado no convento espionando as ações de Jerônimo e Teodoro. O homem, quase sem fôlego de tanto correr, informou a seu senhor que Teodoro e uma senhora do castelo estavam naquele momento entretendo uma conversa particular em frente ao túmulo de Afonso, na Igreja de São Nicolau. Ele seguira Teodoro até lá, mas a escuridão da noite impedira-o de ver quem era a mulher.

Manfredo, que já estava com os ânimos inflamados, e a quem Isabela afastara de si, quando este lhe comunicara sua paixão com muito pouca reserva, não duvidava que a inquietude que ela tinha manifestado era ocasionada por sua impaciência em encontrar-se com Teodoro. Provocado por este pensamento e enfurecido com o pai do rapaz, ele correu secretamente para a grande igreja. Esgueirando-se imperceptivelmente pelas naves laterais, e guiado por um imperfeito raio de luar que brilhava através dos vitrais, avançou em direção ao túmulo de

Afonso, para onde o dirigiam sussurros indistintos das pessoas que ele procurava. Os primeiros sons que ouviu foram:

– Mas, ai!, será que isso depende de mim? Manfredo nunca permitirá o nosso casamento.

– Não, isto irá impedi-lo! – gritou o tirano, sacando a sua adaga e enterrando-a por cima do ombro, no peito da pessoa que então exclamou:

– Ai de mim, fui ferida! – gritou Matilda, tombando. – Bom Deus, receba a minha alma!

– Bárbaro, monstro desumano! Que você fez? – gritou Teodoro. lançando-se sobre ele e arrancando a adaga de suas mãos.

– Abaixe, abaixe esta mão ímpia – gritou Matilda. – É meu pai!

Manfredo, como que saindo de um transe, golpeou seu peito, arrancou os cabelos e tentou recuperar sua adaga das mãos de Teodoro para dar cabo de si mesmo. Teodoro, apenas um pouco mais senhor de si e a custo dominando a sua dor para auxiliar Matilda, atraíra com seus gritos alguns monges que vieram prestar ajuda. Enquanto uns tentavam. juntamente com o aflito Teodoro, estancar o sangue da princesa agonizante, outros lutavam para evitar que Manfredo fizesse algum mal a si mesmo com as próprias mãos.

Matilda, resignando-se pacientemente à sua sorte, respondeu com olhares de amor agradecido aos cuidados de Teodoro. Ainda assim, muitas vezes e tanto quanto a sua debilidade o permitia, implorava aos presentes que consolassem seu pai. Jerônimo a essa altura já fora informado da noticia fatal e acudiu à igreja. Seus olhares pareciam censurar Teodoro; mas voltando-se para Manfredo, disse:

– Agora, tirano, veja como se cumprem plenamente os infortúnios que pesam sobre sua cabeça ímpia e devota! O sangue de Afonso implorou ao céu por vingança e o céu permitiu que seu altar fosse manchado pelo assassinato, para que você possa derramar o seu próprio sangue ao pé do sepulcro deste príncipe!

– Homem cruel! – gritou Matilda, – agravar ainda mais as desgraças de um pai! Que o céu abençoe meu pai e perdoe-o assim como eu o perdoo! Meu senhor, meu gracioso senhor, será que pode perdoar sua filha? Na verdade, não vim aqui para encontrar Teodoro! Eu o vi rezando neste túmulo, para onde minha mãe me havia enviado para rezar por você, por ela... Querido pai, abençoe a sua filha e diga que a perdoa.

– Perdoá-la! Um monstro assassino? – gritou Manfredo. – Como assassinos podem perdoar? Pensei que você era Isabela; mas o céu dirigiu minha mão amaldiçoada para o coração da minha própria filha!... Oh! Matilda... Não consigo dizer... Pode desculpar a cegueira da minha raiva?

– Posso, desculpo e que o céu me confirme! – disse Matilda. – Mas enquanto ainda tenho vida para indagar... Oh, minha mãe! Como ela vai sentir!... Você a confortará, meu senhor? Não a relegará? Ela o ama de verdade... Oh, vou desmaiar! Levem-me para o castelo... Poderei viver até que ela venha fechar meus olhos?

Teodoro e os monges tentaram convencê-la de que seria melhor ser transportada para o convento; mas sua insistência em ir para o castelo era tamanha que, colocando-a sobre uma liteira, levaram-na para onde ela pedia. Teodoro segurava sua cabeça com o braço e debruçado sobre ela de modo agonizante e exasperado, ainda tentava infundir-lhe esperanças de vida. Jerônimo, do outro lado, confortava-a com discursos celestiais e erguendo um crucifixo à sua frente, o qual ela banhou com suas lágrimas inocentes, preparou-a para o seu trânsito para a imortalidade. Manfredo, envolto na angústia a mais profunda, seguia a liteira em desespero.

Antes de chegarem ao castelo, Hipólita, informada da terrível catástrofe, correra para encontrar-se com sua filha assassinada; mas quando viu o aflito cortejo, a enormidade de sua dor privou-a dos sentidos e ela caiu por terra, inerte, desmaiada. Isabela e Frederico, que a socorreram, padeciam praticamente com a mesma intensidade. Somente Matilda parecia estar insensível à sua própria situação: cada pensamento seu transbordava de ternura para com sua mãe. Ordenando que parassem a liteira, assim que Hipólita voltou a si, ela chamou por seu pai. Este se aproximou, incapaz de falar qualquer coisa. Matilda, tomando a sua mão e a de sua mãe, cerrou ambas nas suas próprias mãos, e então as levou à altura do seu coração. Manfredo não conseguiu suportar este ato de patética compaixão. Lançou-se ao chão e amaldiçoou o dia em que havia nascido. Isabela, apreensiva de que tais emoções superassem o que Matilda podia suportar, tomou a responsabilidade de ordenar que Manfredo fosse conduzido e mantido em seus aposentos, enquanto determinava que Matilda fosse levada para o aposento mais próximo. Hipólita, somente um pouco mais viva do que sua filha, não prestava atenção em nada a não ser na menina; quando os ternos cuidados de Isabela quiseram também retirá-la, enquanto os médicos examinavam o ferimento de Matilda, ela gritou:

– Retirar-me? Nunca! Nunca! Vivo apenas para ela, e com ela expirarei.

Matilda abriu os olhos ao ouvir a voz de sua mãe, mas fechou-os novamente sem falar. O seu pulso cada vez mais fraco e a úmida frieza da mão logo afastaram todas as esperanças de recuperação. Teodoro seguiu os médicos até uma sala vizinha e os ouviu pronunciar a sentença fatal com uma comoção próxima ao frenesi...

– Já que viva não pode ser minha – gritava ele – pelo menos será minha na morte!... Pai! Jerônimo! Venha unir as nossas mãos! – gritou ele para o padre, que, juntamente com o marquês, havia acompanhado os médicos.

– Que significa essa loucura? – disse Jerônimo. E isto é hora para casamentos?

– É sim, é sim – gritava Teodoro; – ai, já não há nenhuma outra!

– Rapaz, você é por demais imprevidente! – disse Frederico. – Então pensa que daremos ouvidos a seus arroubos de paixão numa hora sombria como esta? Que pretensões alimenta para com a princesa?

– As de um príncipe – disse Teodoro; – do soberano de Otranto. Este reverendo, meu pai, pôs-me a par de minha origem.

– Você está delirando – disse o marquês. – Não há outro príncipe de Otranto além de mim, agora que Manfredo, com este assassinato, com este sacrílego assassinato, deitou por terra todos os seus direitos.

– Meu senhor – disse Jerônimo, assumindo um ar de comando – ele diz a verdade. Não era minha intenção que o segredo fosse revelado tão cedo; mas o destino precipitou a sua hora. O que a sua paixão inflamada revelou, a minha língua o confirma. Saiba, príncipe, que, quando Afonso pôs-se a caminho da Terra Santa...

– Será esta agora hora de explicações? – gritou Teodoro. – Pai, venha e una-me à princesa: ela será minha... Em tudo o mais eu respeitosamente lhe obedecerei. Minha vida! minha adorada Matilda! – prosseguiu Teodoro, correndo para a sala onde ela se encontrava. Você não será minha? não vai abençoar o seu...

Isabela fez-lhe sinais para que fizesse silêncio, percebendo que a princesa estava se aproximando de seu fim.

– O quê? Ela está morta? – gritou Teodoro. – Será possível?

A violência de suas exlcamações trouxeram Matilda de volta a si. Erguendo os olhos ela olhou em volta em busca de sua mãe...

– Vida da minha alma! Estou aqui... – gritou Hipólita; – não pense que vou deixá-la!

– ... Oh! Você é boa demais – disse Matilda; – mas não chore por mim, mãe! Estou indo para onde a dor não tem morada... Isabela, você me amou de verdade; dê agora o seu carinho a esta querida, querida senhora! Vou mesmo... desmaiar!

– Oh! minha filha! minha filha! – disse Hipólita numa torrente de lágrimas. – Não posso retê-la nem mais um instante?

– Não é possível – disse Matilda. – ... Encomende-me ao céu... Onde está meu pai? Perdoe-o, querida mãe... perdoe-o, por minha morte; foi um erro... Oh! Tinha me esquecido... querida mãe, jurei nunca mais rever Teodoro... Talvez tenha sido isso que nos trouxe esta calamidade... mas não foi intencional... você pode me perdoar?

– Oh! Não maltrate ainda mais a minha alma agonizante! – disse Hipólita; – você nunca poderia me ofender... Ai! ela está desmaiando! Socorro! socorro!

– Queria dizer algo mais – disse Matilda, esforçando-se ao máximo; – mas não consigo... Isabela... Teodoro... por mim... oh!

Ela expirou. Isabela e suas damas só conseguiram retirar à força Hipólita de junto do cadáver; mas Teodoro ameaçou destruir todos que tentassem removê-lo dali. Deu mil beijos naquelas mãos frias como o mármore e sussurrou todas as expressões que o amor desesperado poderia ditar.

Isabela, enquanto isso, acompanhava a torturada Hipólita aos seus aposentos. No meio do caminho, depararam com Manfredo que, perdido em seus próprios pensamentos e ansioso por contemplar uma vez mais o rosto de sua filha, rumava para a sala onde ela se encontrava. Como a lua agora estava alta, ele distinguiu nos semblantes desse triste cortejo o acontecimento que ele temia.

– O quê? Está morta? – gritou ele, quase fora de si.

Naquele instante um estrondo de trovão sacudiu o castelo até as suas fundações; a terra tremeu e o ruído de uma armadura que não podia pertencer a nenhum mortal fez-se ouvir às suas costas. Frederico e Jerônimo pensaram que o Dia do Juízo tinha chegado. O monge, arrastando Teodoro consigo, correu para o pátio. No instante em que Teodoro apareceu, as paredes do castelo atrás de Manfredo desabaram, impelidas por uma força poderosa, e a figura de Afonso, ampliado a uma imensa grandeza, apareceu no centro das ruínas.

– Este é Teodoro, o legítimo herdeiro de Afonso! – disse a visão.

E tendo pronunciado tais palavras, acompanhado por um estrondo de trovão, a figura ascendeu solenemente rumo ao céu, onde as nuvens, abrindo um clarão, deixavam entrever o vulto de São Nicolau; que, juntamente com o espectro de Afonso que se lhe juntava, breve sumiu da vista humana envolto num esplendor de glórias.

Os presentes caíram prostrados, a face sobre o chão, reconhecendo a vontade divina. Quem primeiro quebrou o silêncio foi Hipólita.

– Meu senhor – disse ela ao abatido Manfredo, – veja a vaidade da grandeza humana! Conrado se foi! Matilda já não está mais entre nós! Em

Teodoro contemplamos o verdadeiro Príncipe de Otranto. Por qual milagre isso se deu, não sei... É o suficiente para nós, nossa sentença já foi dada! Que mais podemos fazer senão dedicar as poucas e deploráveis horas que nos restam a mitigar a ira divina? Se o céu nos rejeita, para onde mais poderemos ir senão para aquelas santas celas que ainda nos oferecem um abrigo?

– Ah! Mulher sem mácula, mas infeliz! Desgraçados sejam os meus crimes! – replicou Manfredo. – Meu coração finalmente se abre às suas admoestações. Oh! quisera... mas não pode ser... que tudo não passasse de um pesadelo... deixe-me pelo menos fazer justiça a mim mesmo! Cobrir a minha cabeça de vergonha é tudo que me resta para sacrificar à ofendida vontade divina. A minha história atraiu estes castigos: deixe que minha confissão alivie... Mas ai! Que pode aliviar a usurpação de um trono e o assassinato de uma criança? Uma criança assassinada em lugar sagrado!... Ouçam, senhores, e que este registro sangrento se torne um alerta para futuros tiranos!... Afonso, como vocês todos sabem, morreu na Terra Santa... Vocês podem me interromper; dirão que ele não morreu de morte natural... É verdade... Por que mais esta taça de fel Manfredo tem que sorver até o fim? Ricardo, meu avô, era seu ajudante de quarto... Eu quisera lançar um véu sobre os crimes de meus antepassados... mas é inútil: Afonso morreu envenenado. Um testamento falso declarou Ricardo seu herdeiro. Seus crimes continuaram; ainda assim, ele não perdeu nenhum Conrado, nenhuma Matilda! Estou pagando o preço da usurpação por todos! Um dia, uma tempestade o assaltou. Assombrado por sua culpa, ele jurou a São Nicolau fundar uma igreja e dois conventos, se continuasse vivo até chegar a Otranto. O sacrifício foi aceito: o santo apareceu-lhe em sonho e prometeu que os descendentes de Ricardo iriam reinar em Otranto até que o seu verdadeiro senhor crescesse para habitar o castelo e enquanto existisse um descendente varão de Ricardo para governar... Ai! ai! Nem varão nem mulher sobreviveram dessa raça miserável, além de mim mesmo! Estou acabado... Os infortúnios desses últimos três dias contam o resto. Como este jovem pode ser o herdeiro de Afonso, não sei... no entanto, não duvido. A ele pertencem estes domínios; renuncio... no entanto, não sabia que Afonso tivera um herdeiro... Não questiono a vontade do céu... a pobreza e a oração preencherão meu horrível vazio até que Manfredo seja chamado para junto de Ricardo.

– O que falta é que eu conte a minha parte – disse Jerônimo. – Quando Afonso içou velas rumo à Terra Santa, uma tempestade lançou-o às costas da Sicília. O outro navio, que transportava Ricardo e sua equipe, como meu senhorio deve ter ouvido, foi dele apartado.

– É bem verdade – disse Manfredo, – e o título com que me chama é mais do que um proscrito pode querer... Bem, que assim seja... continue.

Jerônimo corou e prosseguiu.

– Por três meses o senhor Afonso ficou preso na Sicília pela força dos ventos. Lá ele se enamorou de uma linda donzela chamada Vitória. Ele era por demais religioso para tentá-la com amores ilícitos. Casaram-se. No entanto, considerando este amor incongruente com o sagrado juramento de armas que fizera, resolveu esconder tal casamento até que tivesse retornado da cruzada, quando se propunha a reencontrá-la e reconhecê-la como sua legítima esposa. Quando a deixou, ela estava grávida. Durante a sua ausência, deu à luz uma menina. Mas mal acabara de sentir as dores do parto, recebeu a notícia fatal da morte de seu esposo e da sucessão de Ricardo. Que podia fazer uma mulher sem amigos, totalmente desamparada? Acreditariam em seu testemunho?... No entanto, meu senhor, tenho um documento autêntico...

– Não é preciso – disse Manfredo; – os horrores desses dias, a visão que acabamos de presenciar, tudo concorda com sua evidência, muito mais do que mil pergaminhos. A morte de Matilda e a minha expulsão...

– Controle-se, meu senhor – tornou Hipólita, este santo homem não pretendia reavivar as suas chagas.

Jerônimo prosseguiu.

– Não me demorarei no que for desnecessário. A menina a que Vitória deu à luz foi, em sua maturidade, me dada em casamento. Vitória morreu e o segredo permaneceu guardado em meu peito. A narrativa de Teodoro explica o resto.

O padre calou-se. A desconsolada companhia retirou-se para a parte do castelo que ainda permanecia em pé. De manhã, Manfredo assinou sua abdicação ao principado, com a aprovação de Hipólita, e cada um deles tomou o hábito religioso num dos conventos vizinhos. Frederico ofereceu sua filha em casamento ao novo príncipe, para o que muito concorreu a afeição de Hipólita para com Isabela. Mas o pesar de Teodoro era ainda muito recente para admitir o pensamento de outro amor e foi só depois de muitas conversas com Isabela, a respeito de sua adorada Matilda, que se convenceu de que não poderia ser feliz a não ser unindo sua vida a alguém com quem pudesse partilhar para sempre a melancolia que se havia apossado de sua alma.